クラス転移したけど性格がクズ過ぎて追放されました

～アンチ勇者は称号『侵略者』とスキル『穴』で地下から異世界を翻弄する～

1

「皆さん、『ステータスオープン』と
唱えてみてください！　透明なボードが現れます。
称号欄に【勇者】と記されているはずです！」
エミーリア
ガドル王国の第一王女。
勇者の召喚、育成を
全面的に担っている。

……さて。称号は【侵略者】、固有スキルは【穴】ときた。
これ、大丈夫だろうか？
『地球からロンデリアに遣わされた【侵略者】。
固有スキル【穴】で世界を裏側から侵す』
……大丈夫じゃないな。明らかに不味い。
エミーリア達には絶対に知られるわけにはいかない。
なんとかして、この場を切り抜けないと……。
番藤茶太郎 [ばんどう・ちゃたろう]
クラスメイトたちと異世界に
召喚された高校生。
【侵略者】の称号を手に入れてしまう。

田川節子 [たがわ・せつこ]
番藤と一緒に異世界に
召喚されたクラスメイト。
【測量士】の称号と【マップ】の
スキルを持っている。

「で、田川のスキルは？」

「私は……【マップ】」

「ちょっとそのスキルを発動してみてくれ」

「えっ、いいけど。どうしたの？」

「これ、拡大出来るのか？」

「出来るよ」

「エミーリア達にこのスキル見せたのか？」

「見せてないよ。エミーリアさん達は勇者にしか用がないみたいだったから」

「よし、田川。ついでに鮫島。準備に取り掛かるぞ」

鮫島巌［さめじま・いわお］

番藤のクラスメイトで【狂戦士】の称号を授かり、

【狂化】【根性】とスキルを二つ持っている。

「リザーズは皆殺しにして頂戴。
バンドウとコルウィルの首は綺麗な状態で
持ち帰って欲しいわ。広場に飾るから」

「んー。なら、やらない。お断り」
リリナナ
死霊遣いのS級冒険者。
番藤たちの討伐を依頼されるが、
黒目黒髪腹黒の番藤に
興味を持つ。

Contents

I transferred to another world
with my classmates,
but my personality was so trash
that I was expelled

クラス転移したけど性格がクズ過ぎて追放されました

~アンチ勇者は称号『侵略者』とスキル『穴』で地下から異世界を翻弄する~

1

フーツラ

ill.ウラシマ

I transferred to another world with my classmates, but my personality was so trash that I was expelled

序章

使者

ガドル王国の王都レザリア。人混みで賑わう大通りを一台の馬車が進む。白馬に曳かれた客室は豪奢な作りで、扉にはある国章が刻まれている。

国章に気付いた人々は跳び退いて道をあけ、目を伏せながら両手の指を絡めて合掌した。アルマ神国からの馬車に祈りを捧げているのだ。しかし、御者は敬虔な態度を取る民を見ても手綱を緩めず、馬車は王城へと入っていった。


アルマ神国からの使者は馬車から降りると、せかせかと歩く。応接の間へと案内するガドル王国の官吏を追い抜き、部屋の前で止まって開扉を促す。

小柄な官吏は慌てて追い付き、磨き上げられたドアノブを回した。応接の間ではガドル王国宰相がにこやかな顔で待っていた。

「長旅、ご苦労様です。どうぞ、お掛けください」

「いえ、結構。これを受け取って頂きたく」

せっかちな使者は書簡を胸元から取り出し、一歩前に出る。

「これを！」

Prologue

宰相の額に汗が浮かんだ。恐る恐る手を出すと、押し付けるように書簡が渡される。

「では！」

宰相に満足そうな笑顔を向けると、使者はくるりと踵を返し大股で歩き始めた。

案内役の官吏が急いで扉を開くと、使者はそのまま行ってしまった。

「はぁ……」と宰相のため息が響いた。

「開けないのですか？」

使者の背中を見送った官吏が応接の間へと戻り、力なく立ち尽くす宰相へ声を掛ける。

「どうせ、ろくでもない知らせだ」

「ですが——」

「分かっておる！」

宰相は官吏が用意していたペーパーナイフを受け取り、書簡の中身を広げる。

そこには一文があるのみ。宰相は渋面を作った。

「なんと？」

小柄な官吏が上目遣いで尋ねた。

「勇者を用意せよ。とあった。エミーリア様は？」

「執務室にいらっしゃるかと」

宰相は書簡を持ったまま、応接の間を後にした。

第一章　追放

episode 01

《一》クラス転移

現文の授業だったか、英語の授業だったか。いや、政治の話をしていたな。公共だったかもしれない。授業中は寝ている俺にとって、何の授業だったかはあまり関係ないのだが。

問題はここが明らかに教室ではないことだ。

俺は窓際の席でぬくぬくとし、机にうつ伏せになっていたはずだ。しかし今は背中に冷たくゴツゴツしたものを感じる。眠りを妨げられた怒りが湧いてくる。

勢いよく上半身を起こし辺りを睨み付けると、制服を着た男女がゴロゴロと石造りの床に転がっている。そして、それを見下ろすような人垣。

手の込んだコスプレなのか。鎧を着た白人の男達がぐるりと円を描き、俺とクラスメイトを取り囲んでいた。逃がさない。というように。

「皆さん！　起きてください!!」

人垣から一人、白人の女が前に出て声を張り上げた。不思議なことに言葉は理解出来る。

女は金糸のような髪をふわりと揺らし、勝気な碧眼で周囲を睥睨する。

女の身を包む白いドレスには複雑な刺繍(ししゅう)が施され、一般人の衣装ではない。長身で凜(りん)とした佇(たたず)まいが高貴さを感じさせる。年齢は俺と同じ十七歳ぐらいだろうか。

よく通る声でもう一度「起きてください！」とやると、眠りこけていたクラスメイト達がポツポツと起き始めた。

「えっ、なに？」「あの綺麗(きれい)な人、誰？」「あれ、ここは？」「数学の授業は？　先生は？」

ざわめきが広がる。状況を飲み込めていないのは俺だけではないらしい。

クラスメイト全員が意識を取り戻したところで、男子学級委員の草薙(くさなぎ)が女と対峙(たいじ)した。

「あの……ここは……どこですか？」

声が震えていた。

「ここはガドル王国の王城。召喚の間。そして私は第一王女のエミーリアです。貴方(あなた)はこの集団の長ですか？」

しっかりとした答えが返ってくる。草薙の言葉は通じているようだ。

「先生がいないようなので、俺が生徒を代表して話しています。あの……質問してもいいですか？　さっき、召喚の間って言いましたよね？　どういう意味でしょう？」

草薙は冷静を装っているが、目がキョロキョロと動き忙(せわ)しない。完全に動揺している。

「ここは貴方達の暮らしていたところとは異なる世界です」

「つまり……異世界？」

「ええ、そうです。この世界はロンデリア。私が魔法によって貴方達を召喚しました」

草薙の目が大きく見開かれる。一瞬の間。

遅れて大きな歓声がやって来た。クラスメイト達は「異世界転移キター！」と叫び、はしゃぎ始める。エミーリアはその様子を見て満足気に頷き、口を開いた。

「右の掌に紋様のある人は手を挙げてもらえますか？」

右手を開いて見る。特に変わった様子はない。

しかし、草薙は違ったらしい。呆然と自分の右手を見つめている。

エミーリアはその白い指を草薙の右手に絡め、自分の方に引き寄せる。

「凄い！　こんなにもはっきりと勇者の紋が現れるなんて」

「これって、凄いんですか？」

「凄いです！　他にも勇者の紋が右手にある人はいらっしゃいますか？」

エミーリアがわざとらしく声を弾ませる。

しかし、それに胡散臭さを感じているのは俺だけらしい。

「俺にも勇者の紋があるぜ！」「私にもある！」「僕も！」

クラスメイト達が右手を見せながら立ち上がり、エミーリアに勇者であることのアピールを始める。ざっと数えると、召喚された生徒の半分程度が勇者の紋を持っているらしい。

「皆さん、『ステータスオープン』と唱えてみてください！　透明なボードが現れます。

称号欄に【勇者】と記されているはずです！」

エミーリアの周りに集まったクラスメイト達が恥ずかし気もなく大声で「ステータスオープン」と唱え始める。

「おぉ！　本当に称号が【勇者】だ！　固有スキル【成長（大）】だって。エミーリアちゃん、どーよ？」

チャラ男の猿田（さるた）がエミーリアに身を寄せて透明なボードを見せる。

「凄いです！」

期待通りの反応に猿田は気を良くする。そしてまだ立ち上がらないクラスメイト達に向き直った。

「【称号】が勇者じゃない人、いるー!?」

誰も答えない。それはそうだ。エミーリア達が歓迎するのは勇者の称号を持つ者なのだから。

押し黙る非勇者のクラスメイト達。泣きそうになっている奴（やつ）までいる。一方、猿田はニヤニヤと笑う。他の勇者達もそこまで露骨ではないが、優越感を感じているようだった。

くだらない。実にくだらない。降って湧いた勇者の称号に一喜一憂して、この状況を理解しようとしない。明らかに異常事態なのに、平然と受け入れてしまっている。エミーリア達の思（おも）う壺（つぼ）だ。なんとかしないと……。

俺は立ち上がって勇者達の輪から離れ、小声で「ステータスオープン」と呟く。

【名　前】番藤茶太郎
【称　号】侵略者
【年　齢】十七
【レベル】一
【魔　法】
【スキル】
【固有スキル】穴

……さて。称号は【侵略者】、固有スキルは【穴】ときた。これ、大丈夫だろうか？

ステータスボードを身体で覆い、隠しながら【侵略者】をタップする。

『地球からロンデリアに遣わされた【侵略者】。固有スキル【穴】で世界を裏側から侵す』

……大丈夫じゃないな。明らかに不味い。エミーリア達には絶対に知られるわけにはいかない。なんとかして、この場を切り抜けないと……。

「おい、番茶。お前の称号はなんだった？　お前みたいなクズ野郎はろくなのじゃないだろ？　俺は勇者だったけどな！」

サッカー部キャプテンの青木がニタニタ笑いながら俺に近寄ってきた。得意げに勇者の紋を見せる。少し前、他校のマネージャーに振られて泣いている間抜けな画像を俺がSN

Sに晒したことを、まだ根に持っているらしい。

丁度いい。上手く利用してここを抜け出す突破口にするか……。

「青木の固有スキルを当ててやろうか？　【出会って二秒でフラれる】だろ？　まさか地球にいた時から発動していたとは……。真の勇者だな」

「テメェ!!」

頭から勢いよく突っ込んで来た青木を半身になって躱し、すれ違いざまに足を掛ける。

面白いように身体が宙に飛び出す。青木はきっと、硬い石造りの床に転がるまでをスローモーションで見ているだろう。鈍い音とくぐもった声が召喚の間に響く。

「番藤君、何をしているの!?　勇者じゃなかったからって、妬むのは良くないよ！　みんな、仲間でしょ!?」

女子学級委員の三浦が勇者の輪から飛び出してきて、正義感の強そうな顔を俺に向けた。

よし……。いい流れだ。

「まて。俺はお前達の仲間なんかじゃない。同じクラスに割り当てられただけの他人だ」

冷たい視線が集中する。クラスメイトからだけじゃない。エミーリアやその脇を固める騎士達からも。勇者の称号を持たない、協調性のない異分子はお断りってことらしい。

一歩二歩と踏み出し勇者の輪へと近づく。騎士達が警戒して腰の剣に手を掛けた。

「おい、エミーリアとやら」

「なんでしょう?」

　エミーリアは抑揚のない声で返す。

「どうやら俺は歓迎されていないらしい。元の世界、地球に今すぐ戻してくれ」

「……残念ながら、すぐには出来ません。召喚の魔法には膨大な魔力が必要なのです」

　予想通りの回答。せっかく召喚した勇者を地球に帰すわけにはいかないからな。希望は残しつつ「今は無理」と答えるしかない。しかし、それは付け入る隙になる。

「ほお。すぐに戻せないと分かっておきながら、召喚したと? 何の了解も得ずにそんなことをして、許されると思っているのか?」

　エミーリアは無言で瞳を潤ませ、周囲に助けを求める。嘘くさい。

「番藤、やめないか! きっと何か理由があってエミーリア様は俺達を召喚したんだ!」

　草薙が俺とエミーリアに割って入った。エミーリアは草薙の背中に隠れる。

「草薙、お前随分とエミーリアの肩を持つな。白人美少女が好みなのか? 画像フォルダの中身全部、フランス人コスプレイヤーだろ」

「なっ……! そんなわけないだろ!」

「すまん。ドイツ人も交ざっていたか」

「そういう話じゃない!」

　草薙は顔を真っ赤にして怒鳴る。エミーリアは草薙の服を握り、抜け目ない表情でこちらを見ていた。この女、全部計算でやっているのか？　したたかだな。

「まぁいい。お前の性癖の話は置いておいて、エミーリアの事情を聞いておこう。何故、俺達を召喚した？」

「それは……」と前置きのように呟き、草薙の背中から出てきた。そしてクラスメイト達を一度見渡し、息を吸い込む。

「今、この世界の人々は存亡の危機に立たされています！　魔王が現れたのです！　魔王に率いられた魔人達は勢力を拡大しています。我々には力が足りません。だから、異世界から勇者を召喚したのです。勇者様方、どうか！　力を貸してください!!　アルマ神国の聖女様と一緒に、魔王を討ってください!!」

一瞬、静かになったと思うと直ぐに「やってやろうぜ！」と猿田が叫び、煽動する。

「俺達は勇者だ！」「魔王なんてぶっ飛ばしてやる！」「これだけ勇者がいれば余裕っしょ」

馬鹿どもがそれに乗っかる。

「皆さん、ありがとうございます！　こんなに心強いことはありません。本日はお疲れでしょうから、宿へと案内します。詳しいことはまた明日、お話ししますね」

ホッとした表情のエミーリアが場を纏めようとした。しかし、そうはさせない。

「俺は魔王退治なんてごめんだ」

「番藤君！　空気読んでよ！」

三浦が詰め寄ってくるが、無視だ。

「貴方一人いなくても影響はありません。そもそも、勇者でもありませんし。出て行ってもらって、結構。いえ、出て行ってください」

エミーリアは俺を睨みつけながら、そう言い放つ。

「好きにしていいってことだな？」

「どうぞ。お好きに。ただ……」

「ただ？」

「最近は王都の周辺も治安が悪いですから。気を付けてくださいね」

「ぷっ」

分かり易い脅しに失笑が漏れる。それに反応してエミーリアのこめかみが引き攣り、騎士達の雰囲気が変わった。これ以上怒らせるのは不味いか……。

俺は剣呑な視線を浴びながら、召喚の間を飛び出した。

《二》穴

階段や通路をひたすら歩き、やっと王城の外に出ると日が落ち始める頃だった。

門兵が俺の容姿を見て「勇者様？」と首を傾げていたが、笑顔で手を振って切り抜けた。

どうやら、黒髪黒目は勇者の証として認識されているらしい。先ほどのエミーリアの様子からすると、「勇者召喚」について広く喧伝していた可能性がある。

ガドル王国は割と追い詰められていたのかもしれない。俺の知ったことではないが。

大通りを歩いていると、やはり振り返られる。「勇者様だー」と手を振ってくる者もいる。

ブレザーを着ているせいで、余計に目立つのかもしれない。なんとかすべきだな。

俺に奇異の視線を向ける人々の中で、最も善良そうに見える親子を見繕い、近づく。

「すまない。服を扱っている店はないか？」

声を掛けると、親子は緊張した様子で話し始めた。

「それでしたら！　そこの十字路を右に曲がったらすぐです！」

「ありがとう」

言われた通りに進むと、確かにそれっぽい店がある。

もう閉店の時間なのか、店主らしき男が片付けを始めていた。

「まだ大丈夫か？」

一瞬動きを止めた店主は俺の恰好を見て急に相好を崩す。

「こりゃー、驚いた。勇者様ですかな？　こんな場末の古着屋においでになるとは……」

「今着ている服を売って、目立たない服に着替えたい。お願い出来るか？」

「もちろんですとも！　異世界の服は高値で取り引きされております！」

店主にとってはいい儲け話らしい。「ささ、どうぞ」と扉を開き俺を招き入れる。

外から見るより店内は広く、安っぽい服から高そうなモノまで一通り揃っていた。

「この世界のことはよく分からないが、一般人が着ていて恥ずかしくない程度の服が欲しい。今、俺が着ている服を売って買える範囲で」

「勇者様のお召し物は学生服というやつですかな？」

「まぁ、学生の着る服だな……」

店主はニタァと笑う。

「やはりそうですか！　ならば金貨二枚、いや、三枚で買い取りましょう！　服は私めが責任を持ってお選びします！　お代は結構です！」

なんだ？　学生服が人気なのか？　この世界は……。店主の話しぶりだと、もう少し吹っ掛けても良さそうだな。

「金貨五枚だ。嫌なら、他の店に行く」

店主はうなりながら眉間に皺を寄せる。

「……分かりました。それで手を打ちましょう」

儲けが減ってしょげながらも、店主は俺の服を見繕う。

数分後にはブレザーを脱ぎ捨て、黒のレザースーツ姿になり、冒険者用のリュックを背負っていた。

「助かった」

「こちらこそありがとうございます。今後とも御贔屓に」

表情を見ると「もう勘弁」と書いてある。素直なオヤジだ。

「ところで、この辺に宿はあるか？　今から泊まれるような」

「そうですね……。穴熊亭がいいかもしれません。そこそこの値段ですが、部屋数が多いので泊まれるはずです」

「場所を教えてもらっていいか？」

「勿論です」

店主に教えられた道順を頭に叩き込み、店を後にする。

少し歩いてから胸騒ぎを覚えた。背後に妙な気配を感じる。脇道に逸れて様子を窺うと、男が一人ふと消えた。追手か？　それとも勘違い？　とにかく宿へ急ごう。

服屋の店主に勧められた宿に入るとカウンターに一人、愛想のいい男が立っていた。

こちらを見て軽く会釈をする。礼儀正しく、そつがない印象を受ける。

そこそこの宿というのは本当らしい。近づいて、なるべく穏やかに話し掛ける。

「一晩泊まりたい。食事はなしでいい。一階の部屋は空いているか？」

「一階の部屋でございますか？　空いておりますが、食堂と同じ階なので少々騒音がいたします。それでも？」

受付係は不思議そうに答える。たぶん、一階の部屋は不人気なのだろう。俺には好都合だ。

「賑やかなのが好きなんだ」

「はぁ……」と男。偽りの名前を告げて素泊まりの金を払うと鍵を渡される。

ちょうど夕飯時の食堂は酔っ払い達の声でやかましく、耳栓でもなければ眠れそうにない。もちろん、眠るつもりはないが……。

案内された部屋は質素ながら清潔でベッドのシーツには皺一つなかった。

想像以上だ。この世界の人々は意外と綺麗好きなのかもしれない。

リュックを下ろして壁際に置き、ベッドに腰掛ける。

ズボンのポケットからスマホを取り出すと、当然圏外。役立たずだ。

雑にベッドに置き、食堂の喧騒をＢＧＭに改めてステータスを確認する。

【名　前】番藤茶太郎

【称　号】侵略者

【年　齢】十七

【レベル】一
【魔　法】
【スキル】
【固有スキル】穴

注目すべきは【穴】。

俺が頼れるのはこの漢字一文字のシンプルなスキルだけだ。これが使えないと詰んでしまう。しかし、不思議と焦りはない。【侵略者】の称号とセットで与えられたんだ。それなりの性能があるに違いない。【穴】をタップすると、詳細が表示される。

『あらゆるものに穴をあける』

詳細？　でもないな。そのまんまだ。

「試してみるか」

部屋を見渡し、スキルの実験台になりそうなものを探す。ベッド横の机の上にある、花瓶が目についた。花は生けられておらず、ただなんとなく置かれているだけだ。これでいいだろう。立ち上がって花瓶を手に取り、固有スキル【穴】を強く念じる。

「……」

何も起こらない。何故だ。レベルが足りない？　それとも、スキルを使うにはスキルポイントのようなものが必要なのか？　ステータスにそんな項目はなかったが……。

人差し指を花瓶に当て意識を集中する。全身の力を指先に集めるイメージ。そして、【穴】。

「……駄目だ」

一体、何が足りない？　まさか――。

「【穴】」

スッ。触れていた部分がなくなる感覚。

驚いて指を離すと花瓶に五ミリ程度の穴があき向こうが見える。もう一度、指を当てる。

「【穴】、【穴】」

スッ。スッ。もう二つ穴があいた。

なんと……。声に出さないと発動しないとは……。効果は想定通りだが、発動のハードルが高いな。知らない人がいきなり「穴！」なんて言い出したら仰け反る自信がある……。

とはいえ、背に腹は代えられない。俺は【穴】に頼るしかない。検証を進めよう。

「ステータスオープン」と唱えて確認する。

レベルに変化はなし。固有スキル欄をタップしても表示内容は変わっていない。

この世界はスキルの回数に制限はないのか？

もしかして魔力を消費してスキルを使用する？　しかしステータスに魔力欄はない。

自分の体感で判断するしかないか。……物は試しだ。

「【穴】【穴】【穴】【穴】【穴】【穴】【穴】【穴】【穴】【穴】【穴】【穴】【穴】【穴】

「【穴】」

花瓶をハチの巣にする。集合体恐怖症の人ならば顔を背けるような見た目になった。

「連続使用に問題なし。体調に変化も……なし」

身体（からだ）を動かしても違和感はない。

「見た目が変わったりしてないよな？」

ベッドの上のスマホを拾い、インカメラで自撮りをする。

フォトアプリには、いつも通り性格の悪そうな高校生の顔。

「問題なし」

次は【穴】の性能について検証だ。どこか、派手に穴をあけてもバレない場所は？

「ベッドの下か……」

壁際に置かれているベッドを静かに引き摺（ず）る。流石（さすが）に少し埃（ほこり）が溜（た）まっていた。

屈（かが）んで床に右手を付け、直径二十センチほどの円を意識する。

「【穴】」

パンッ！　と少し音が鳴り、イメージ通りの綺麗な円が出来た。床下の土が見える。

もう少し穴を広げよう。

床に手を付け、今あけた穴と重なるように直径一メートルの円を意識する。

「【穴】！」

バンッ！　と音が響く。幸い、食堂の喧噪が直ぐにそれを打ち消した。

「まだまだ大きく出来るな……」

とはいえ、あまりやり過ぎるのは良くない。あのエミーリアの言い様からして、追手が差し向けられているはずだ。なるべくバレないように王都から脱出したい。

「あとは……」

どれぐらいの深さの穴が掘れるかだな。

床下に下りて地面に触れると、少し湿っていて冷たい。そして少々黴臭い。だが気にしてはいられない。直径一メートル、深さ一メートルの穴をイメージして唱える。

「【穴】！」

ドンッ！　と土埃があがり、地面にマンホールが出来た。底まで灯りは届いている。

今までで最も大きくて深い穴をあけたが、体調に変化はない。検証結果をまとめよう。

【穴】には回数制限、クールタイムはない。いくら使っても体調にも見た目にも変化なし。

直径一メートル以上、奥行き一メートル以上の穴をあけられる。

あれ？　もしかして、このまま地面に穴を掘れば王都の外まで出られるのでは……!?

どれだけ使っても疲れない固有スキル。人間が通れるサイズの穴もあけられる。

「行くか……」

床下から部屋に戻ると荷物をピックアップ。ついでに部屋のフンタンを拝借する。

「おっと。忘れていた」

机の上の花瓶を手に取り、床下に放り込む。証拠隠滅だ。少しでも時間を稼がなくては。

「さらば。王都」

可能な限りベッドを元の場所に戻し、俺は地面に潜った。

《三》追跡

王都レザリアが茜色(あかねいろ)の夕日に照らされる頃。目つきの鋭い男が大通りに並ぶ露店を冷やかしていた。店先の装飾品を眺めているが、店主が声を掛けると素っ気なく店を移る。目当ての商品がないのか、それとも別の目的があるのか。男は露店を転々とし、今度は脇道へと入っていった。小さな店舗が並ぶ通りには焼いた肉の香ばしい匂いが漂っている。

男は腹を空(す)かせていたのか、一軒の酒場の扉を開ける。

「外の席でもいいか？」

上半身だけ覗(のぞ)かせて給仕の若い娘に声を掛けた。

「いらっしゃい！　もちろん大丈夫ですよ！　注文は？」

「エールをもらおう」

男は二人掛けのテラス席に陣取り、道行く人を眺めながらエールを待つ。

カランと扉が開き、給仕の娘が男の前にエールを置いた。

木製のジョッキになみなみと注がれたそれは、テーブルにこぼれてシミを作る。

「お料理はどうします？」

「ちょっと考える」

つれない返事に娘は萎縮し、そそくさと店内へと戻った。

大体の客が一気に飲み干すエールを男は舐めるようにチビチビと飲んでいた。

店は人気なようで、三つあるテラス席は全て埋まった。

新しい客に呼ばれて給仕の娘が外に出てきた。新規注文を受けた後、男にも声を掛ける。

「お料理、決まりましたか？」

「すまない。用事を思い出した。これで足りるか？」

男は道を挟んで斜めにある古着屋の方を見ながら、一杯のエールには十分過ぎる代金をテーブルの上に置いて立ち上がる。そして薄暗くなった周囲に溶けるように歩き出した。

男が辿り着いたのは「穴熊亭」と書かれた看板の掛かった宿屋だった。繁盛しているらしく、入り口の扉が開く度に、食堂の賑やかな声が外まで漏れる。

通りで少し時間を潰してから、男は穴熊亭の扉を開く。カウンターに立つ、愛想のいい笑みを浮かべた受付係が男に向けて会釈をした。男は素早く受付係に近寄り、胸元からネックレスを取り出して見せた。それにはガドル王国の国章が刻まれている。

「支配人と話がしたい。個室で」

「……了解しました。こちらへ」

受付係は緊張した面持ちとなり、男をカウンターの中へと案内して奥の扉をノックする。

「なんだ?」

部屋の中から不機嫌な声がした。

「大切なお客様がお見えになりました……」

「……お通ししろ」

何かを察したのか。急に柔らかくなった声が返ってきた。受付係が扉を開け、男を支配人室の中へと促す。男が入ると、しっかりと扉が閉められた。部屋の中には二人きりとなる。重厚な執務机から支配人は立ち上がり、対になった革張りのソファーの前まで歩く。

「どうぞ、お座りください」

「失礼する」

男が座るのを待ってから、支配人も腰を下ろした。そして、男が切り出すのを待つ。

「先ほど、この宿に黒髪黒目の男が部屋を取ったはずだ」

「ええ。報告は受けております。勇者様達(たち)は黎明亭(れいめいてい)に泊まる予定だったのに、何かあったかと疑問に思っていたところです」

「不測の事態というやつだ」

「それはそれは……。ご苦労様です。で、どうなさるのですか？」

「今晩、始末する」

男の目が鋭くなり、支配人は背筋を伸ばした。

「分かりました。何かお手伝いすることはありますか？」

「同じ階に一部屋借りたい。あと、黒髪黒目の男の部屋の鍵も」

「承知しました。用意させます」

支配人は素早く立ち上がり、一度部屋を出る。そして手に鍵を二つ持って戻ってきた。

「黒髪黒目の男の部屋は一階。ずっと籠りっぱなしのようです。斜め向かいの部屋を押さえました」

無言で二つの鍵を受け取り、男は立ち上がる。そして支配人室を後にした。

穴熊亭（あなぐまてい）の食堂は閉店の時間をとうに過ぎ、夕暮れ時の喧噪が嘘（うそ）のように静かだ。全ての客が自室に戻り人気（ひとけ）はない。フロントには受付係が一人立ち、宿泊者台帳を捲（めく）っていた。

　一階の三号室の欄には「エンドウ」と書かれてあり、九号室には横線が引いてある。

　受付係はバンドウの偽名を指でトンと叩き、難しい顔をした。

　支配人から、これから何が起こるのかを聞かされていたのだ。九号室に入った男は王家から遣わされた刺客であり、その標的は黒髪黒目の若い男。

　後片付けを考えると気が重い。

　受付係はぼんやりと廊下を眺める。灯りはあるが、薄暗い。その中を動く者がいた。

　足音一つ立てず三号室の前で止まる。あぁ。始まった。

　受付係は廊下をじっと見つめる。男は全く音を立てずに鍵を回し、少しだけ扉を開いた。

　部屋の中から光は漏れてこない。男は滑るように部屋の中へと忍び込み、扉が閉まる。

　物音は……しない。じっと待つが静かなままだ。聞こえてくるのは自分の呼吸のみ。

　受付係は手に汗が浮かんでいることを自覚し、ズボンに擦り付けて緊張をやり過ごす。

「まだか……」と呟くのと同時に三号室の扉が開き、男がカウンターに向かってくる。

　あぁ。終わったのか。いや、後片付けが始まるのか。

　何か重たいものが受付係にのしかかり、背中が丸まった。暗い瞳をした男が口を開く。

「……逃げられた」

「えっ!?」

　全く予想していなかった発言に、間抜けな声が出た。

「後を追う」と男は言って、三号室へと戻っていく。

「……どうやって」

逃げたのか？　その疑問に答える者はいなかった。

男が灯りの魔道具で照らすと、床下の地面にあいた穴の底が見えた。深さは大人二人分。ただそれで終わりではない。横穴が見える。ここからバンドウが逃げたのは明らかだった。

「空間魔法か……？」

完全な円の形に切り取られた床板を見て男は呟き、眉をひそめた。

「厄介だな……」

動揺から口数が増えていた。慎重に床下を覗き込み魔道具で照らす。バンドウの気配はない。そっと床下に下り耳を澄ます。物音はしない。

男は灯りの魔道具を左手に持ち替え、腰のホルダーからナイフを引き抜いて握った。

そして、フッと穴へと飛び降りる。着地の衝撃は膝で柔らかく吸収され、ほとんど音はしなかった。ゆっくりと立ち上がり、灯りの魔道具を突き出す。

大人がそのまま歩けるほどの横穴がどこまでも続いている。もはや地下通路だ。

「……どうなっている」

空間魔法は発動に膨大な魔力が必要だとされている。有名な使い手でも人間一人分の空間を削り取るのがやっとだと聞く。連続して発動は出来ない。しかし、バンドウのあけた穴は先が見えないほど続いている。

「化け物か……」

応援を呼びに戻るべきか。しかし、どれだけ時間に猶予があるか分からない。夜の内に王都の外に出られてしまうと、追跡が困難になる。悩んでいるこの時がもったいない。それに、バンドウは異世界から召喚されたばかりの学生だ。いくら膨大な魔力があろうとも、まともに接近戦が出来るとは思えなかった。

自然と一歩踏み出す。二歩三歩と続き、次第に小走りになる。

「……光？」

男が上を見ると、拳大の穴が地上に向けてあいていた。暗い地下通路に微(かす)かに月の光が届いている。この小さな穴の上はたまたま道路だったようだ。

なるほど。ある程度進む度に地上に向けて穴をあけていたのだろう。空が見えなければ地上には建物が建っていると分かる。即(すなわ)ちまだ王都の中。連続して空が見えるようになれば、王都の外に出たことになる。バンドウは馬鹿ではないらしい。

男は駆け出す。まだ、バンドウの姿はない。急がねば。

連続して地下通路の天井から光が差している。そろそろ王都の外に出たようだ。

この辺りに地上に向かう穴があるに違いない。男は灯り(あか)の魔道具を消す。

速度を緩め、警戒を強めた。衣擦れ(きぬず)の音すらしない独特の歩法でゆっくりと進む。

やがて、男の視界の先にランタンの光が見えた。傍(そば)に冒険者が背負うようなリュックが置いてある。バンドウの姿は見えないが男性の声が聞こえる。

『くっ……。もう少しなのに……』

男の口元が歪(ゆが)んだ。どうやらバンドウは地上への穴を登っているところらしい。好機だ。

ランタンに向かって走り出す。その途端、背後に気配を感じた。

踏み出した足に力を籠(こ)め、身体(からだ)を留めて振り返ろうとする。小さな声がした。

「【穴】」

地面が急になくなる。空足を踏んで前のめりになり、身体が地下通路に転がった。

「うっ……」

横穴から出てきた何者かが男の背中を踏みつけた。腹ばいのまま身動きが取れない。

「こんな夜中にご苦労だな。刺客ってやつか？」

「……二人いたのか？」

「人の質問には答えずに質問で返すとは。お前、友達いないだろ？」

「……」

「まぁ、いい。教えてやろう。お前が聞いたのはスマホのアプリで録音した俺の声をループ再生したものだ」

男には理解出来ない。それを嘲笑うかのように『くっ……。もう少しなのに……』と再び聞こえる。

「目覚めたらエミーリアに報告しろよ。『異世界のスマホは脅威です』って」

男が声を上げようとすると、後頭部に衝撃が走り、それきり動かなくなった。

《四》報告

ガドル王国王城には深夜にもかかわらず煌々と灯りが灯る部屋がある。第一王女エミーリアの執務室だ。エミーリアは放蕩を続ける国王や、頼りない王太子に代わり政のほぼ全てを仕切っている。異世界からの勇者召喚についても彼女と宰相に一任されていた。

「情報が揃ったわね」

「ええ。思いの外、なんでも素直に話してくれるので助かりましたよ」

広い執務机には掌ほどのカードがビッシリと並べられており、エミーリアと宰相がそれを見下ろしている。エミーリアは一枚のカードを手に取った。

【名　前】クサナギ　タクミ
【称　号】勇者
【年　齢】十七
【レベル】一
【魔　法】
【スキル】
【固有スキル】成長（大）

それは召喚した者達のステータスを書き写したものだった。

「勇者達の中に強力な魔法やスキルを授かった者はいないようね」

少し残念そうな表情を浮かべてから、エミーリアはカードを机に戻す。

「固有スキル【成長（大）】だけですな……」

エミーリアの対面に立つ宰相が「今後に期待しましょう」と続けた。

「ところで、勇者達の監視は問題ないのでしょうね？」

「それは大丈夫です。勇者達は黎明亭の三階に押し込んでいます。宿の中も外も近衛騎士と暗部が警備と称して一日中、監視しております。ネズミ一匹、出ることも入ることも出来ませぬ」

「反発はなかった？」

「全くなかったですな。それどころか、最高級の部屋を用意したと伝えると『ビップルームだ！』とはしゃいでおりました」

宰相は馬鹿にしたような笑顔を作る。エミーリアも釣られて笑った。

「勇者の称号を持たないハズレ達は？」

「奴等も黎明亭の二階で大人しくしております」

「ハズレ達に対しても、当分の間はそれなりの態度で接しなさい。あまり邪見に扱うと勇者達の反発を招く恐れがあるわ」

「勿論です。ただ、強く反発する者は処分するように命じております」

「上手く事故に見せ掛けなさい」

「御意のとおりに」

宰相の返事にエミーリアは満足そうに頷く。

「では早速、明日から勇者達の育成に入るわよ」

そう言ってエミーリアは机の上のカードを三枚一組に並べ直していく。

「三人一組に対して指導者兼監視役を一人付ける。最初は王都周辺の草原で魔物を倒してレベルを上げるわ」

「予定通りということですな。ハズレ達はどのように……？」

「一応、勇者達と同じように草原でレベル上げをさせなさい。その方が事故も起こり易い」

「はっはっはっ！　その通りですなぁ。積極的に事故に遭ってもらいましょう」

「何か他に確認事項はある？」

「いえ。本日のところは――」

宰相の言葉を遮るように執務室の扉が叩かれる。

「何事だ!?」

「申し上げます！　暗部の長が参りました」

執務室の前に立つ警備の近衛騎士の声だった。

「通しなさい」

エミーリアの言葉に扉が開かれ、王城には似つかわしくない恰好――チュニックに幅広ズボンの男が現れた。服装とは裏腹に、男は鋭く隙のない顔つきをしている。

光のない瞳からは、真っ当な人生を歩んでいては到達出来ない凄みを感じる。

「こんな深夜……。いえ、もう夜が明けようという時間に何かあったの？」

「……バンドウが消えました」

男の報告を聞き、エミーリアの眉間に皺が寄った。

「消した、ではなく、消えたのね？」

「……はい」

「最初から詳しく話しなさい」

　低い声だった。

「王城を出た後、バンドウは古着屋で自分の服を売り、金貨五枚を得ます。その金で穴熊（あなぐま）亭（てい）という宿に部屋を取りました。私の部下もその宿にとどまり、深夜になるまで監視をしておりました」

「そこで始末するつもりだったのね？」

「はい。しかし、部屋に忍び込むとバンドウは居らず、床に大きな穴があいていました」

「穴？」

　エミーリアが首を傾（かし）げる。

「はい……。穴は地下三メルの深さがあり、そこからは横に延びていました」

「穴はどこまで？」

「王都の城壁の外です。私の部下はそこでバンドウに襲われ意識を失いました。荷物も奪われています」

　エミーリアがため息をつく。

「バンドウに付けていた暗部（あんぶ）は一人だったの？」

「はい……。勇者の監視に人員を割いていましたので」

「それで、まんまと逃げられたというわけね」

「申し訳ございません」

宰相が顎髭をしごいた。

「しかし穴とは。土魔法だろうか？」

「いえ。こちらをご覧ください」

男は腰袋から何かを取り出し見せる。それは指の先ほどの穴が無数にあいた花瓶だった。

「ん……。気持ち悪いわね。これは何？」

エミーリアは花瓶から顔を背けながら尋ねる。

「バンドウが泊まっていた部屋の床下で見つけた花瓶です」

宰相が花瓶を手に取り、穴を指でなぞった。

「随分綺麗な穴だな。まるで空間ごと切り取られたような」

宰相の言葉にエミーリアが反応する。

「空間魔法……!?」

驚いたような、焦ったような声色だ。

「空間魔法で王都の外まで穴をあけたのか……。とんでもない魔力量だな……」

そう言いながら宰相は花瓶を置き、代わりに「バンドウ」と書かれたカードを手に取って魔法欄に「空間魔法」と書き込んだ。

「ほかに情報はないの？」

「まだ調査中なのですが、バンドウはスマホというものを使って部下を欺いたそうです」

「スマホ？　それは何？」

「異世界の魔道具のようなものらしいです」

魔道具と聞いて宰相がハっと顔を上げる。

「そう言えば、勇者達がそれらしき物を手に持って弄(いじ)っておったな。『ケンガイだ！　使えない！』と騒いでいたが、バンドウのスマホは使えたのか……？」

「未知の魔道具……。前回召喚時の記録にはその様な記載はなかったわ……。勇者達からスマホを取り上げ、魔道具師達に研究させなさい」

エミーリアの指示に宰相は「はっ！」と返事をする。

「バンドウはどういたしますか？」

「可能な範囲で行方を探りなさい。ただし、優先すべきはあくまで勇者達。部下をやられて悔しいでしょうけど、それを肝に銘じて」

「……承知いたしました。では……」

男の気配が急に薄くなり、音もなく執務室から姿が消えた。

一瞬間があって、エミーリアと宰相が顔を見合わせる。

「面倒なことになりましたな。バンドウという男はかなり勘が鋭いようです」

「そうね。私の魅力も通じなかったし」

「惜しいことをしたと？」

エミーリアは机に並べられたカードを睥睨(へいげい)する。

「どんなに有能でも、私に従わない駒はいらないわ」

「おっしゃる通り」と宰相。

「それに重要なのは勇者を育て、アルマ神国の聖女に会わせること。今はそれ以外のことは全て後回しよ」

そう言いながらもエミーリアの表情は晴れない。脳裏にはバンドウの顔が浮かんでいた。

《五》盗賊

王家の刺客から金とナイフ、水と携帯食料、そして不思議な形をした懐中電灯？　を奪い、地上に向けて新しくあけた穴を登る。

外に出ると星空が視界に飛び込んできた。王都のすぐ傍(そば)とはいえ、日本の都市に比べれば遥(はる)かに灯(あか)りは少ない。その分、星がよく見えるのだろう。

見惚(みと)れていると、風が吹いて鳥肌が立つ。地下では感じなかったが、随分と気温が下がっていたらしい。

「動くか……」

次の刺客が来ないとも限らない。いや、戻りが遅ければ何かあったのかと追加の人員が投入されるのが普通だろう。あまりグズグズはしていられない。

しかし、どこへ向かうべきか……。とりあえず穴から離れて周囲を探る。

しばらく観察していると、定期的に灯りをつけた馬車？　が王都に向かって進んでいることに気が付いた。街道があり他の都市と繫がっているのかもしれない。

街道を進んで他の都市へ？　いや、危険だな。王都から連絡が行っている可能性がある。服は現地のものだが黒髪黒目の俺は目立つはずだ。あっさり捕まってしまうかもしれない。

当分の間は表で活動するのは避けるべき。

徐々に空が白んできていた。俄かに焦りを感じる。

王都に向かう灯りから離れるように歩き始めた。

空はすっかり明るい。俺はとりあえず水場を求めて歩き続けていた。遥か遠くには山が見える。サバイバルの経験はないが、王都の周りの草原より水源を期待出来るだろう。二、三日進めば辿り着く距離に思えた。邪魔さえなければ……。

五メートルほど先の草が不自然に動く。じっと目を凝らすと、茶色い毛が見えた。

こちらの動きを窺っているような気配を感じる。

屈んで手頃な石を拾い、右腕を振りかぶる。ヒュン！　と風を切る音。草が揺れ、赤い瞳が此方を睨む。魔物か!?　角の生えた兎のような生物が敵意を隠さず飛び出してきた。

腰のホルダーからナイフを抜くと、もう角が目の前にある。慌ててナイフを突き出す。魔物は刃に噛り付いた。チャンス。左手を茶色い胴体に当て、唱える。

「【穴】！」

バンッ！　と弾けるような音がした後、ドサリと魔物は草原に沈む。

直径十センチの綺麗な穴があいていた。生物にも【穴】は通用するらしい。

「ふう……」

【穴】が戦闘にも使えるとなると、生存の確率がぐっと上がるだろう。

相手に触れられさえすれば、致命傷を与えることが出来——。

ビュッ！　と甲高い音がして思わず身を反らす。今度は何だ……!?

一度転がって立ち上がり、走りながら周囲を見渡すと十メートルもない距離に人がいた。顔を頭巾で隠している。

「へへへっ！　大人しくするっすよ!!　悪いようにはしないっす!!」

軽薄な男の声だ。王家の刺客とは雰囲気が違う。服装も明らかに怪しい。今度は盗賊に狙われた？　草色の服を着た男は、こちらが離した距離をピタリと詰めてくる。

しかし、気持ちの悪い動きだ。全く頭が上下にぶれない。下半身は草に隠れて見えないが、滑るようにヌルヌルと寄ってくる。

ビュッ！　と短い弓から放たれた矢が足元を掠めた。

機動力も武器のリーチも相手に分がある。このまま逃げ回っていても、いつかやられる未来しか見えない。次に矢をつがえた瞬間、仕掛けるか……。

じりじりと半身で後退りしていると、男が矢筒に手を伸ばした。矢を弦にあてがう。

今だ！

グッと身体を低くしながら全速力で相手に近づく。じっと狙われているのが分かる。次の一撃で決めるつもりだろう。

ビュッ！　と矢が放たれたと同時に、跳び込み前転。男と男が跨る巨大な生物、オオトカゲ？　がすぐ目の前にいた。俺の手が届くのは草原の土。だが、これでいい。

「【穴】！」

これまでで最大。直径五メートル、深さ二メートルの穴が俺の手を起点にして前方にあき、男とオオトカゲを飲み込む。

「うわぁ！」

間抜けな声。オオトカゲは穴の底で暴れて盗賊を振り落とし、穴の外に逃れる。

俺は穴に飛び降り、男の首にナイフの刃を当てた。

「ごべんなざい……！」

「濁点が多い」

脚を軽く蹴ると、男は茶髪にブラウンアイの顔を歪ませた。直径一センチほどの穴のあいた右腿を押さえ、脂汗を流している。

逃亡防止の為に俺があけたものだ。勿論、武装は解除している。

大穴の底に横たわる男の隣には、人が何人も乗れるようなオオトカゲが戻ってきていた。主を心配そうに見つめている。かなり賢そうだ。

「ご、ごべんがざぎ……！」

「お前、俺を馬鹿にしているのか？」

「ぞんなごどないでず……!!」

「俺が一人だから、楽勝だと思ったのか？」

男はフルフルと首を振るが、説得力はない。

「とりあえず、お前の荷物はもらう。文句はあるか？」

「ないでず！」

男のリュックから水と携帯食料、その他ロープや燃料などをもらい受ける。

「お前は盗賊か？」

「はい……」

「お前のような悪党はどこに拠点を構えている？」

「え？」

「別にお前らの拠点を襲うつもりはない。俺も、身を隠そうと思ってな」

男はなんと答えていいのか迷っているようだ。

「左の腿にも穴をあけようか？」

「言いまずｌ　森でず！」

そう言って男は遠くに見える森を指差す。

「ベタだな。直ぐに兵士がやってくるんじゃないのか？　俺を騙しているだろ？」

「違いまず！　古い坑道がありまず！　そこは複雑で兵士や冒険者も手を出せません！」

なるほど。どこに拠点があるかは知っているが、手を出すにはリスクが高すぎる。と。

俺のスキルを考えると、アリかもしれない。【穴】は文字通り手を触れたところに穴をあけることが出来る。木材だろうが岩だろうが人体だろうが関係ない。

「ずびません……」

考え込んでいると、男が気まずそうに話し掛けてきた。

「なんだ？」

「もう行っていいでずが……？」

「そうだな。そろそろ森へ行こう。これからよろしくな。お隣さん」

　男はギョッと目を見開いた。

　男は最近王都周辺を騒がせている盗賊団の斥候らしい。トカゲに乗って街道周辺を偵察し、狙い目の商隊がいれば仲間に知らせて襲うそうだ。

「この辺ではリザーズと呼ばれ、恐れられていやす。売り出し中ってやつですよ。へへへ」

　少し痛みがおさまったのか、男はトカゲの背に揺られながら得意げに話す。

「元々は別の国にいたのか？」

「そうっす。前は北の帝国で活動してたっす。王国の方が稼ぎ易いって噂で拠点を移したんすよ」

「なぜ稼ぎ易い？」

「そりゃ、王家と貴族が対立していますからね」と男。

　現在の国王は愚王として有名らしい。最近は上位貴族との確執も酷く、王国軍と貴族軍が小競り合いを起こすほどだとか。とても盗賊団なんかに構っている場合ではないらしい。

「最近は国民への人気取りも兼ねて『魔王に対抗する為に異世界から勇者を召喚する！』って宣伝してたんすよね。それでボスに様子を見てこいって言われて……今に至るって感じっす」

男は笑いながら振り返り、俺の顔を確認する。

「そういえば、黒髪黒目っすね。あのー俺、名前はチェケっていいます。名前聞いてもいいっすか？」

「番藤だ」

「バンドウ！　変わった名前ですねー。もしかして――」

「昨日、召喚された」

チェケは納得した顔をする。こいつ、俺を勇者だと勘違いして襲ったのか？

「ですよね～。なんで王都から脱出したんすか？」

「王家の奴等が気に食わないからだ。それに、俺は別に魔王とやらに何かされたわけじゃないからな」

「違いないっす」と言って、男はトカゲの操舵に戻る。

大人二人が乗っても全く嫌がる素振りを見せず、力強く進んでいく。

こいつはかなりいい乗り物だ。是非手に入れたい。

そんなことを考えていると、森はどんどん近づいてきた。トカゲは速度を落とさない。

「さぁ、これから森に入りやす。ちょっと揺れますが、しっかり掴まっててくださいね！勇者様」

俺の称号が【侵略者】だと知ったら、チェケはどんな顔をするのだろうか？

「うん？　何かありやした？」

「いや。この世界、なかなか面白いと思ってな」

チェケは「ふーん」と首を傾げるばかりだった。

《六》リザーズの頭領

森に入って一時間ぐらい進んだ頃、周囲の様子が変わってきた。樹々が少なくなり、むき出しの岩肌が目立つ。そろそろ廃坑が近いのだろう。

「バンドウさん……」

チェケが申し訳なさそうに振り返る。

「なんだ？　腹でも痛いのか？」

「おっ、よく分かりましたね！　ちょっと便所がてら先に拠点に行ってボスに事情を話してこようかと……」

チェケは笑顔を作っているが、目は真剣だ。

「仲間を連れてきて、俺を襲うつもりか？」

「そんなことしないっすよ！　このまま拠点までバンドウさんを連れて行った方が危険なんです！　バンドウさんを見て、見張りがいきなり攻撃する可能性があるっす！　バンドウさんを縛った状態で連れて行けば問題ないですけど、縛らせてくれませんよね？」

「一度殺されそうになったからな……。信用ならん」

「そもそも俺、バンドウさんを殺す気なんてなかったですから！　下半身しか狙ってなかったでしょ……!?」

確かにそうだったかもしれない……。俺を生け捕りにするつもりだったのか……。

「じゃ、オオトカゲを置いていきますから！　こいつは俺の家族なので！　信用してください！」

チェケは立ち上がり、足を引き摺りながらオオトカゲの顔を撫でる。

オオトカゲが速度を緩め、やがて止まった。どうやら本気のようだ。

家族同様というのは嘘ではない気がする。

オオトカゲがチェケに懐いていると思わせる場面は何度もあった。

「チェケ。俺はリザーズと敵対する気はない。それをお前のボスに伝えてくれ」

リザーズのボスは勇者の情報を求めている。

ならば、俺を無下にしないはず。少なくともチェケは俺のことを勇者だと信じている。

一方の俺は王国の力が及ばない協力者が必要だ。たとえそれが盗賊団でも……。

「了解っす！　ちょっと待っていてくださいね！」

チェケがぎこちなく歩いていく。オオトカゲはそれを寂しそうな目で眺める。

なんだか俺が悪いことをしている気分になるな……。後でチェケを殴ろう。

俺はオオトカゲの手綱を握ったまま、リュックを漁る。

流石に腹が減ってきた。携帯食料を二つ取り出す。王家の刺客とチェケから奪ったものだ。食べ比べをしながら待つとしよう。リザーズのボスを。


携帯食料を丁度食べ終え、皮の水筒から水を飲んでいた時だ。

砂を踏むような音がして首を振ると、長身の男を先頭にした二人組が歩いてきた。

その内の一人はチェケ。もう一人はチェケを背負っている。武装はしていないようだ。

「チェケ！　便所は間に合ったか!?」

「大丈夫でした!!」

チェケとの関係性を長身の男にアピールする。おそらく、こいつがボスだろう。

しかし、長身の男は無表情のままだ。じっとこちらを見つめながら距離を詰めてくる。

オオトカゲの鼻先まで三メートルの地点で長身の男は止まった。

オオトカゲの背中から立ち上がり、対峙する。

「俺はコルウィル。このクソ野郎どもをまとめている」

盗賊団リザーズの頭領コルウィルは、卑しさを微塵も感じさせない精悍な男だった。茶髪をオールバックに撫で付け、髭は手入れされている。貴族と言われても違和感がない。

「番藤だ。昨日、異世界から召喚されたばかりだ」

勇者だとは言わない。

「本当に黒髪黒目なんだな」

コルウィルは値踏みするように俺を観察した。

「今回召喚された奴の中には赤髪もいるぞ？」

「そうなのか？　言い伝えと違うな」

「異世界も変化しているんだよ」

「そりゃ、そうか。なにせ、百年ぶりの勇者召喚だからな」

盗賊の癖に詳しいな。元々はそれなりの身分だったのかもしれない。砕けているように見えるが、全く隙はない。

「チェケに怪我させてすまなかった。急に襲われて焦ってしまった。敵対する意思はない」

――少なくとも、今は。

「フン。焦ったねぇ。格闘技の達人のような動きだったと聞いているぞ？　おまけに変わった魔法を使うそうじゃないか」

……魔法？　あぁ、【穴】を魔法だと思っているのか。

「そうだな。こーいうことが出来る」

すぐ傍にあった大岩に人差し指を当てる。そして――。

「【穴】」

ドンッ！　と半径五十センチほどの穴があき、土埃が舞った。

コルウィルの顔が引き攣り、チェケを背負っていた男が腰を抜かした。

「……流石は勇者と言ったところだな。敵じゃなくてよかったぜ」

「一つ勘違いをしているな。俺は勇者と繋がりがあるだけで、勇者ではないぞ。ただの平和主義者だ。仲良くやろう」

俺の差し出した右手を見て一瞬怯むも、そこは上に立つ者。部下の前で情けない姿は見せない。ゴツゴツした岩の様な手で握り返された。


コルウィルとその部下はチェケを残して早々に立ち去った。

リザーズの中ではチェケが「バンドウ係」になったらしい。

「疑って悪かったな。感謝している」

「問題ないっす！　バンドウさんを連れて来たことで俺も報酬がもらえそうなので！」

そうなのか。やはり、コルウィルは勇者との繋がりを求めている……？

「ところで！　もうリザーズとバンドウさんは協力関係ですよね……!?」

「そうだが。何かあるのか？」

「この右脚にあいた穴、高級なポーションをかけても治らないんですけど！　なんとかしてくれませんか？」

「……すまん。俺にもどうにも出来ん」

「えっ……!?　穴をあけた張本人でしょ!!」

「コルクならあるぞ？」

「ワイン……!!　馬鹿にしています……!?」

「チェケにもらった携帯食料。王国の刺客から分捕ったやつより美味かったぞ」

「帝国軍はその辺もしっかりしていますからね！って話を逸らさないでください……!!」

うん？　帝国軍……？　とりあえず流すか。

「ははは」

「馬鹿にした笑い方……!!」

チェケはしばらく粘っていたが、本当に俺が穴を塞ぐ方法を知らないと分かると諦めた。

「バンドウさん、今日はウチの拠点で寝ますか？」

まだ日没まで時間がある。あまり借りを作りたくない。

「いや、寝床ぐらい自分で準備する。幸いなことに、俺のスキルは拠点造りに向いているからな。リザーズの廃坑の場所だけ教えてくれ。何かあったら頼るかもしれない」

「了解っす！　ウチの拠点はですね～」

チェケはリザーズが拠点としている廃坑の目印を教えてくれた。見張りにも俺の特徴は伝わっているそうで、いきなり矢で射られるなんてことはないそうだ。

「じゃ、自分も戻りますね！　何かあったら遠慮なく言ってください！」

そう言い残し、チェケはオオトカゲの背に跨る。甘えたように鳴いた後、オオトカゲはゆっくりと動きだした。

チェケとオオトカゲを見ていると、リザーズを信用してもよいのでは？　という気分になる。少なくとも、ガドル王国よりは……。

「さて、寝床を探さないと」

日没までは、まだ数時間ありそうだった。

《七》拠点造りと……

チェケ達と別れて一人になると、急に森の音が耳に入るようになった。

鳥や虫、そして得体のしれない生物の鳴き声……。一人で野宿出来るほど安全ではない。ある程度しっかりとした拠点が必要だ。森を歩き回り、適した場所を探す。

リザーズの廃坑から二百メートル程度離れたところ。少し地面が窪んだ場所に、ちょうどいい大岩があった。縦横高さが全て五メートル以上はある。

触ると非常に硬い。岩をぶつけても、まったく剝離しない。穴をあけて入り口さえ塞いでしまえば、安全な寝床になりそうだ。大岩の丁度真ん中辺りに立ち、右手をピタリと付ける。ひんやりとして熱が奪われる感覚がある。

とりあえず眠るだけだ。直径二メートルあればいいだろう。奥行きは四メートルか。巨大な土管をイメージする。そして、間抜けなあの言葉を唱える。

「【穴】！」

森が少し揺れた。鳥が羽ばたく音がする。虫は羽を擦り合わせるのをやめた。地面に同じサイズの穴をあける時よりも衝撃が強かった気がする。

リュックから灯（あか）りの魔道具を取り出して、大岩にあいた穴を照らす。綺麗（きれい）な円柱だ。当然だが中には何もない。快適とは言い難い。岩の上に直接寝たら凍えるだろう。それに、せめて平らで柔らかなところで眠りたい。草を敷くか？　いや、先（ま）ずは木の枝を敷いてざっと均（なら）してしまおう。

俺は灯りの魔道具を穴の中に置くと手頃な木に近づく。そして幹に【穴】をくれてやる。急に支えのなくなった木は繊維がバリバリと鳴ってから地面に倒れた。

それからは【穴】の連続行使だ。手頃な枝をひたすら切断し、拠点に運ぶ。

小一時間単純作業を続けると、拠点に床のようなものが出来てきた。あとは柔らかさを追加すれば快適な眠りが約束されるはず。王家の刺客から奪ったナイフを握り、下生えを刈っては放り投げる。葉っぱに止まっていたバッタが羽ばたきながら逃げていく。

食料に困ったら、こいつらを食べることになるかもしれない。

そんなことを考えながら黙々と手を動かしていると、拠点には人一人眠るには十分な草のベッドが出来上がっていた。軽く横になると青臭さが鼻につく。しかし、それは嫌なものではなかった。むしろ気持ちを落ち着かせる。

一瞬、目を瞑りそうになる。危ない。入り口が開きっぱなしだ。無理矢理意識を覚醒させて跳ね起き、拠点の外に出た。

一度緩んだ気持ちを引き締め、木の近くに移動して【穴】【穴】【穴】【穴】【穴】。直径二十センチほどの木を一気に五本倒す。それを更に三メートル程度に切り揃える。

運ぼうとするが……重たい。丸太に三センチの穴を無数にあけて軽量化を図る。穴のあいたところにあった部分は一体どこに行ったのかと考えながら……。

やっと運べる重さになり拠点の入り口に丸太を立て掛けた時、ふと気が付く。拠点の周りに【穴】で堀を造った方が安全ではないかと……。わざわざ魔物が堀を越えてやってくるだろうか？　これまでのところ、空を飛ぶ魔物は見ていない。

よし。やろう。覚束なくなってきた足腰に鞭を入れる。大岩の裏側に回り、【穴】。地面に直径二メートル、深さ十メートルの穴をあける。少しずらして再び【穴】。屈んだまま移動し、【穴】を連呼。穴と穴を繋げて空堀を造っていく。思ったより簡単な作業だ。

ものの三十分で拠点の周りに空堀ができた。これで陸の孤島だ。向こう側に渡る時は、入り口に立て掛けた丸太を使えばいいだろう。

空を見上げると、もうほとんど日は落ちている。今日はここまで。丸太の隙間から拠点に入ると身体に力が入らない。そう言えば、この世界に召喚されてからまだ一睡もしていない。魔道具の灯を消して草のベッドに倒れ込むと、瞬く間に視界が暗転した。

白く柔らかな光で満たされた空間にいた。瞼は閉じているのに、何故か見えている。多分、これは夢だ。つまり明晰夢。召喚だ勇者だと訳の分からない事態に巻き込まれた挙句、命まで狙われて逃亡。穴の中、自作の草ベッドで寝ているのだ。変な夢ぐらい見るだろう。

「おい」と声がする。眠いから無視だ。

「おい」とまた聞こえた。眠いから無視だと言っている。

「おい。聞こえておるのだろ？」

そっちこそ、俺の心の声が聞こえていないのか？

「いや、聞こえておる」

なら、このまま会話しよう。今は瞼を開けることすら億劫だ。

「はぁ……。まぁ、仕方あるまい」

で、何の用だ？

「先ず、よくぞ生き延びた。褒めて遣わす」

偉そうだな。嫌われるタイプの上司か？

「……本当にいい性格をしておるな」

ありがとう。

「まぁ、このような性格だから選んだのだが。さて、少々込み入った話をしてもよいか？」

今は疲れている。幼稚園児にも分かるぐらいに噛み砕いて話してくれ。

「……あのねーえっとね――」

誰が幼稚園児になれと言った。俺は簡単に説明してくれと言ったのだ。

「おのれっ……!!」

もういいのか？

「……分かった。では、たとえ話をしよう。あるところにAという村がありました。そのA村は土地に恵まれているのか農作物がいつも豊作です」

それで？

「ある時、貧しいB村の人々がA村に農作物を奪いに来ました。A村の人々は農作物を奪われたくありません。しかし、自分達で戦うのも嫌です。そこで、A村の村長は全く関係のないC村から村人を攫ってきて、B村の人々と戦わせることにしました」

酷(ひど)い話だ。

「C村の村長は怒りましたが、A村の村長の手口は巧妙で何回も村人が攫われてしまいます。そこで、C村の村長は攫われそうな村人に予(あらかじ)め爆弾を持たせることにしました」

物騒だな。

「その爆弾はA村の仕組み自体を壊すほど、強力です。ただし、爆弾を使うかどうかは攫われた村人にかかっているのでした。ちゃんちゃん」

おい、まだ物語は終わっていないだろ。ちゃんと爆弾を使うところまでやれ。

「その通り。まだ物語は始まったばかり。もし、番藤(ばんどう)が爆弾を持っていれば、使うかの？」

当然だ。

「そうか……。期待しておるぞ……」

それっきり声は聞こえなくなった。

《八》生活

背中の痛みに目を覚ます。あれだけ念入りに作った草のベッドだったが、クッション性が足りなかったらしい。つい先日まで当たり前に使っていたポケットコイルマットレスが人間の英知の結晶に思えた。

固まった上半身を起こすと、入り口に立て掛けた丸太の隙間から日が差している。

なんとか一晩、無事だったようだ。

皮の水筒から水を一口飲み、腕を上げて伸びをすると急に頭がクリアになった。

これからやるべきことを考えよう。長期目標は王国に対する意趣返し。勝手に俺を召喚したのだから当然だ。しかし、先ずここでの生活を安定させなければならない。

水源と食料の確保が最優先。快適さを求めるなら魔道具もほしい。この世界には電化製品がない代わりに、魔物の体内にある魔石で動く道具があるらしい。俺が王家の刺客から奪った灯りの魔道具がそれに当たる。なんとか金を稼ぐ手段を見つけ、魔道具を入手するルートを開拓しなければならない。

まぁ、なんにしても先ず外に出ることからだ。

立ち上がり、入り口に立て掛けた木の隙間から外に出る。俺の拠点の周りは木々がなく、空は開けている。日本では見ることの出来ない鮮やかな青空が広がっていた。

そして、拠点を囲む空堀の向こう側に渡ろうと一度下を見る。

「……猪……？」

堀の底に全長一メートル五十センチほどの獣が横たわっている。

打ちどころが悪かったのか、もう動いていない。

「これ、そのままにしておくと腐るよな……」

大問題だ。せっかく造った拠点が悪臭に包まれてしまう。なんとかして死体を堀の外に出さなければならない。

堀の深さは十メートル。どこかにロープを縛り付けて下まで下りるか、梯子(はしご)を作るか。しかし、下手すると百キロはありそうな巨体を抱えて地上に戻れるだろうか？　穴をあけて軽量化することも出来るが、ちょっと気が進まない。いっそのこと、上から土をかけてしまうか。いや、それでもきっと悪臭を防ぐことは出来ないだろう。

何か、方法はないか……。そもそも【穴】を一度、解除出来ればいいのではないか？

俺は獣がすぐ真下に見える位置まで移動し、昨日穴をあけた空間に向かって手を翳(かざ)す。

そして、試しに唱えてみた。

「【穴】解除」

ドンッ！　と土埃(つちぼこり)。目の前には猪のような獣。

「戻った……」

手を翳したところだけ地面が元通りになっている。穴の中にあった異物が【穴】を解除するタイミングで外に出されたのだろう。これは……使えるな。

後はこの猪のような獣をどうするか。食べられるような気もするが、自分で処理する自信はない。ここはリザーズの力を借りるのが最善か。そう考えていると、気配を感じた。

見ると、オオトカゲに乗ったチェケが手を振りながら近づいて来ている。

「バンドウさーん、おはようございます！　ここにいたんですね～捜しましたよ」

「どうした？」

「いや、ボスがバンドウさんのことを心配していましてね。様子を見に来ました」

チェケは空堀の少し手前で止まり、キョロキョロと見回す。

「一日でこんな拠点を造ったんですか？　凄いっすね！」

「丁度いいスキルがあるからな。ところで、この獣が何だか分かるか？」

「それはマッドボアですね。まだそんなに大きくないので、若い個体ですね」

チェケはオオトカゲから降りて、マッドボアの検分を始める。

「全然外傷がないですね。これ、バンドウさんがやったんですか？」

「俺があけた穴に落ちて死んだらしい」

「それならバンドウさんのスキルで倒したことになるっす。レベル上がっているかもっす」

レベル……。そう言えば、ステータスにそんな欄があったな。

「でも、よく穴の底から持ってきましたね？　重たかったでしょ？」

「いや、穴を解除したら勝手に外に出てきた」

チェケが目を丸くする。

「えっ、穴を解除ってなんですか？　穴って一度あけたら塞ぐことが出来ないって言っていたじゃないですか……!?」

「いやそれが……。やってみると出来たんだ」

踏み込んできて、チェケが上目遣いをする。

「じゃ、俺の右脚の穴も戻してください！　穴解除、お願いします！」

これは話を有利に進めるチャンスだな。

「チェケよ。俺とリザーズは協力関係にあるよな？」

「その通りっす！　だから穴を解除してください！」

「まぁ待て。先にマッドボアについて議論しよう。こいつは食べられる魔物なのか？」

「人気のある食材ですね！　穴解除、お願いします！」

「なるほど。しかし、俺は魔物を解体する知識がない。このマッドボアをリザーズに買い取ってもらうことは可能か？」

「うーん……。バンドウさんの頼みなら仕方ないっすね……。俺がボスに掛け合いますよ。穴解除、お願いします！」

「今後、魔物の死体や魔石をリザーズに持ち込めば、買い取ってもらえるか？」

リザーズは盗賊団だ。商隊を襲って得た物資をどこかに流して金銭を得ているに違いない。そのルートに乗せてもらえれば、魔石や魔物の素材を換金出来るはずだ。

「リザーズを窓口にしようって腹ですね。分かりました。ウチにも利益が出るような買い取り価格になると思いますが、ボスも駄目とは言わないでしょう。穴解除、お願いします！」

　もう一押し出来るな。

「ついでに魔道具の仕入れもお願い出来るか？　調理に使えるものを揃えたい。毎回火を起こすのは大変そうだからな」

「あぁ、それは大丈夫ですよ。団員も同じように注文していますから。ただ、頼んで暫く時間が掛かることがあるので、それだけは気を付けてくださいね。もうそろそろ、穴解除をお願いします！」

　そうだな。もういいだろう。チェケの右脚に手を翳し、唱える。

「【穴】解除」

　スッと穴が塞がったような感覚。

「どうだ？」

　慎重に手を伸ばし、チェケは自分の右脚を確かめた。

「おぉぉ……。穴が塞がっている……!!」

「俺の寛大な心に感謝するんだな」

「ちょっと納得いかないですけど、感謝します！」

「このマッドボアの買い取り価格で誠意をみせてくれ」

「仕方ないですね～」と言いながら、チェケはマッドボアの足にロープを結び、オオトカゲに曳かせてリザーズの拠点へと戻っていった。

深い穴をあけ、それを枯れ木と落ち葉で偽装する。つまり落とし穴。俺は森のいたるところに【穴】で深い落とし穴を作り、定期的に巡回して日銭を稼ぐ生活をしていた。

よく引っ掛かるのはゴブリンと呼ばれる緑色の小鬼やコボルトと呼ばれる二足歩行の犬だ。こいつらは数が多い上に知能が低いらしく、同じ穴に三体落ちていることまである。

ただ残念なことにあまり金にならない。食用ではない上に素材としても価値がない。唯一売れるのは体内にある魔石だが、それもサイズが小さい。一体につき、日本円で五百円ぐらいしか儲からない。

俺は【穴】を解除して地上に現れたゴブリンを睨み、魔石のある位置に当たりを付ける。

「【穴】」

胸の中心に手を突っ込めるサイズの穴をあけ、魔石を穿り出す。大体、どの魔物も魔石は心臓の近くにある。最初は体の中に手を突っ込むのをためらったものだが、すぐに平気になった。これが、人間の適応力。

立ち上がり、ズボンのポケットを漁ると小さな魔石が三つ。そろそろ大物が欲しい。

「水場に行くか……」

森の中には水の湧く場所が幾つかある。人間にとっても魔物にとっても、水は重要だ。湧き水があれば様々な生き物が集まってくる。その中には換金効率の高い魔物も……。水場付近で気を付けるべきことは、他の生き物との遭遇だ。森の中でも魔物とのエンカウント率が群を抜いて高い。このように――。

「ギャッ！」

またゴブリンだ。緑色の肌をした小鬼が嗜虐心むき出しで駆けてきた。俺は腰にナイフを一本ぶら下げているだけなので、脅威度は低い。と判断したのだろう。

屈んで地面に手を付け、ゴブリンを引き付ける。

「ギャギャギャッ!!」

あと、三メートル。ゴブリンは勢いをつけ、俺に向かって木の枝を振り下ろそうとしている。しかし、食らうわけはない。

「【穴】！」

直径五メートル、深さ三十メートルの穴がゴブリンを飲み込む。視界から消えた緑の小鬼は悲鳴一つ上げることなく落下を始め、やがて鈍い音を響かせた。

「【穴】解除」

手足を不自然に曲げたゴブリンの死体から魔石を抜いた。本当に今日は小物ばかりだ。

「不味(まず)いな。こんな魔石だけ持って行ったら、チェケに笑われてしまう」

一縷(いちる)の望みをかけて水場への獣道に仕掛けた落とし穴に近づく。カモフラージュの枯れ枝や落ち葉がない。何かが落ちたようだ。穴に手を翳して「【穴】解除」と唱える。

ドンッ！　といつもの土埃。目の前に現れたのは首があらぬ方向に曲がった豚面の魔物。

「オーク……？」

これまでにもオークを捕ったことはあるが、ここまで大きい個体は初めてだ。

よく見ると、下顎から鋭い牙がヌッと伸びている。

「それと……」

オークの他にもう一体。猫ぐらいの大きさでネズミのような見た目をしている。

初めてだ。レアな魔物かもしれない。ということは……もしかすると……。

「ステータスオープン」

【名　前】番藤茶太郎(ばんどうちゃたろう)
【称　号】侵略者
【年　齢】十七
【レベル】十
【魔　法】
【スキル】

【固有スキル】　穴

よし……!!　昨日はレベル四だったのが一気に十になっている……!!

ゲームのような法則が働くこの世界では魔物を倒すとレベルが上がる。ゴブリンやコボルトのような小物ならば何十体と倒さないとレベルに変動はないが、今回の二体はレアな魔物だったようだ。

レベルが上がることの恩恵は色々とあるらしいが、一番は身体能力の向上だ。

試しにオークの足を持って引き摺ると、問題なく動く。確実に腕力が上がっている。

「新鮮なうちに売りに行くか……」

俺はオークの上にもう一体の魔物を乗せ、引き摺りながらリザーズの拠点を目指した。

軽く手を上げて見張りの男に合図をする。男は俺を認めると、手を振って周囲に信号を送った。リザーズ拠点の入り口には見張りは二人しかいないように見える。しかし、実際には周囲の茂みに伏兵がいて、不審者が近づくと問答無用で攻撃することになっている。

「チェケはいるか？」

見知った歩哨に話し掛けると「少々お待ちを」と言って中に入って行った。

残った一人とたわいない会話をしていると、バタバタとチェケが現れた。

「チェケ。このオークともう一体を買い取ってくれないか？」

「うわっ！　オークジェネラルとスカンクラットじゃないですか！」

聞きなれない単語が耳に飛び込んできた。

「珍しいのか？」

「滅茶苦茶珍しいです！　オークジェネラルはオークの上位個体ハイオークの更に上です！　スカンクラットはお尻の横から凄く臭い液体を飛ばす嫌な魔物っす！　ただ、その腺液は貴重な素材なので高額で取引されます！」

これは使えそうだな……。

「オークジェネラルの方は丸っと買い取ってくれ。スカンクラットは持ち帰る」

「えっ……!?　何に使うつもりですか？　スカンクラットを……!?」

「特に当てはないが、貴重らしいからな。手元に置いておく」

「ぐぬぬ……。仕方ないですね。オークジェネラルだけで我慢しましょう」

チェケは一度悔しそうにしてから気を取り直し、腰の袋から金貨を取り出して突き出す。

「では、金貨三枚です！　毎度ありがとうございます！」

日本円にして三十万円程度か……。今までで最高の買い取り額だ。これを街で売ったらもっと良い金額になるのだろうが、贅沢は言えない。

「ところで、魔道具はまだなのか？」

「あっ！　ちょっと待っていてください！」と声を上げてチェケは一度拠点の中に引っ込

み、すぐに何かを抱えて戻ってきた。

「はい！　お待たせしました！　焜炉(こんろ)の魔道具と鍋のセットです！」

チェキが抱えていたのは俺が注文していた調理に関する魔道具だ。

「助かる。これからも頼むぞ」

俺は鍋の中にスカンクラットを入れて蓋を閉め、焜炉の魔道具と一緒に持ち帰った。

《九》二人の落ちこぼれ

ガドル王国王都レザリアにある高級宿、黎明亭(れいめいてい)は長い間、一般客の宿泊を断っていた。王家が宿を丸ごと借り上げていたのだ。入り口に常に近衛(このえ)騎士が立ち、目を光らせている。

そこへ、男女二人組が現れた。男は長身赤髪だが瞳は黒く王国では珍しい風貌だ。女の方は男に比べて随分と背が低い。そして黒髪黒目で眼鏡を掛けている。

二人が王都を歩けば「勇者様？」と声を掛けられることが多い。しかし、その度に彼らは曖昧な返事をして表情を暗くした。何故(なぜ)なら二人は勇者ではない、ハズレだったからだ。

「戻りました」

黒髪黒目の女が声を掛けると、近衛騎士はつまらなそうに一瞥(いちべつ)して扉の前からずれる。

「ケッ！」と赤髪の男が悪態をつくが、近衛騎士は反応すらしない。

　二人は宿に入るとそのまま一階の食堂に入る。武具を纏い帯剣したままだったが、給仕達は何も言わない。その代わり、別の者が苦言を呈した。

「鮫島。それに田川さんも。せめて着替えてから食堂に来てくれないかな？」

「ちっ！　草薙はいつまで学級委員を気取ってんだよ！」

　赤髪の男は鮫島、眼鏡の女は田川と呼ばれ注目を集めていた。

「草薙君の言う通りでしょ！　そんなドロドロの恰好でよく平気ね!?」

　草薙と同じテーブルについていた女が鮫島と田川を睨みつけて嫌悪感を露わにした。

　鮫島が肩を怒らせてテーブルに詰め寄ろうとするが、田川が必死にそれを止める。

「三浦さん。ごめんなさい。私も鮫島君もお腹が減ってヘトヘトで……。端っこで食べたらすぐに出ていくから……」

　事実、鮫島も田川も足元が覚束ない様子だった。自室に戻る余裕もないのだろう。

「せっかく美味しい料理を作ってもらっているのに、失礼だと思わないの……!?」

　三浦はまだ収まらないらしい。

「ごめんなさい……ごめんなさい……」

　田川は消え入るような声で謝りながら、足早に食堂の端の席へとついた。

　何か言いたそうにしていた鮫島も田川に釣られて草薙達のテーブルから離れる。

　少しすると給仕が二人のテーブルに夕食を運んできた。

パンとスープのみの質素な献立だ。草薙達の食べていたものとは明らかに違っている。

「おい！　俺達の夕食、あいつ等と違うぞ！」

鮫島が給仕の女に食って掛かる。

「本日から勇者様とそれ以外で献立を分けることになりました。王家も財政が苦しいのです。ご理解ください」

女は淡々と答え、鮫島が黙るのを見てテーブルから離れた。

「鮫島君。仕方ないよ。自分達で魔物を狩って、冒険者ギルドで魔石を売って何か美味しいもの食べようよ」

田川が慰めるように言う。

「クソッ！　なんで俺達がこんな扱いを――」

「それは、お前達がハズレだからだろ！」

ちょうど食堂に入ってきた体格のいい男が鮫島に向かって言い放つ。

「青木！　てめえぇ……!!」

鮫島が立ち上がると青木が威嚇するように近づいた。今にも取っ組み合いを始めそうだ。

「鮫島。お前、毎日狩りに出掛けているけど、レベルは幾つになった？」

青木がニヤケ面で尋ねる。

「……三だ」

「はっはっ……!!　三だって……!?」

挑発するように笑う。

「テメーは幾つなんだよ?」

鮫島が睨みつけるが、青木は余裕の表情を崩さない。

「俺はもう十だ。勇者とハズレでは成長速度が違うのさ……!　エミーリア様が俺達勇者を優遇するのは当然だろ?　弁えろ……!!」

あまりのレベル差に鮫島は呆然と立ち尽くす。

青木は鼻で笑って鮫島の前から去り、草薙達の隣のテーブルについた。

「鮫島君……。早く食べて行こうよ……」

田川が小さな声で促す。

「分かった」

鮫島は不貞腐れた態度で席につき、田川と一緒に味のしない夕食をとった。

鮫島達はまだ夜が明けきらない頃から宿を出て、王都周辺の草原で狩りを行っていた。
「鮫島君、正面五メートル先にホーンラビットの巣があるよ」

田川が透明な板を見ながら指示を出す。

鮫島は頷く(うなず)と、長剣を構えて素早く駆け出した。そして地面に切っ先を突き立てる。

驚いたのは巣穴の中にいた魔物、ホーンラビットだ。

突然の衝撃に地中から飛び出し、真っ赤な瞳で敵を探して反撃を試みる。しかし、遅かった。勢いよく振り下ろされた長剣が角ウサギの体に食い込み、そのまま動かなくなった。

ナイフを抜いた田川が駆け寄り、息絶えた魔物の体から手早く魔石を抉り(えぐ)出す。

「最初の頃は泣きながらやっていたのに、随分と逞し(たくま)くなったな」

田川の手際の良さに感心したように鮫島が言う。

「だって私には戦う力はないし……。雑用ぐらい人並みにやらないと」

透明の板に映し出された地図を見ながら、田川はもう次の標的を探していた。

「右手三十メートル先に小さな空洞があるの。グラスラットがいるかもしれないわ」

「よし！　任せとけ！」

鮫島は地面を蹴って勢いよく飛び出し、次の魔物を仕留めに向かった。

「えっ……。たったこれだけ……？　間違ってねーか？」

冒険者ギルドの買取カウンターで鮫島が声を上げると、女職員が迷惑そうな顔で応じた。

「極小魔石十個だと、こんなもんです。次の方が待っていらっしゃいますので……」

鮫島が振り向くと、大男が腕組みをして待っている。仕方なく田川の元へ向かう。

「どうだった？」

「しょっぱい金額だ。朝から夕暮れまで狩りをして一人頭、日本円で四千円ってとこかな？」

鮫島がギルド職員から受け取った硬貨を田川に見せた。

「鮫島君。これだと一人二千五百円ぐらいだよ……。今まで貯めた魔石を全部売っても宿を移るのは無理そうだね。しばらくは食事だけ外で食べて、黎明亭で寝る生活かな……」

「奴等と顔を合わせるのは御免だぜ。俺は野宿する」

「馬鹿なこと言わないでよ。ここは日本じゃないし、身包み剝がされるだけだよ」

田川は鮫島に諭すように話す。

「ちっ……。どっかに儲け話は転がってねーのかよ」

辺りを見回すと、先ほど買取カウンターで鮫島の後ろに並んでいた男と目が合った。

「ニーちゃん、稼ぎたいのか？　それならリザーズを狙うといい。奴等の頭領を生け捕りにしたら金貨百枚だぞ？」

男は真面目な表情で勧める。別にからかっているわけではないらしい。

「リザーズって何だ？」

金貨百枚と聞いて鮫島は身を乗り出す。

「最近王都周辺を荒らしている盗賊団さ。西の森の廃坑を根城にしている。複数のパーティーが挑み、皆失敗に終わっている。頭領の部屋を目指して奥に向かう途中で奇襲をうけて敗走するってよ」

「部屋の位置が分かっているのか？」

「一番奥のどん詰まりにいるって噂だ。頭領は臆病な奴で、自分専用の部屋を造り、鉄の扉の向こうに籠っているそうだ」

「へっ！　かっこ悪い奴だな！」

「もし、腕に自信があるなら試してみるといい。お前達、噂の勇者だろ？」

「ちげーよ！」

鮫島は反発するが男は笑って流した。「隠したって無駄だって」と言いながら去っていく。

「なぁ、田川。お前の【マップ】を見ながら進めば、盗賊達の奇襲も防げるんじゃないか？」

「えっ……。本気で言っているの？」

「正面から戦って勝てないから奇襲するんだよ！　どこに隠れているか事前に予想出来れば楽勝だって！　まともに戦えば俺の方が絶対に強い！　それに、俺にはあのスキルがある！　鉄の扉だってぶっ壊せる」

「うーん……。大丈夫かなぁ……」

自信たっぷりに語る鮫島を見て、田川の心は動きつつあった。

《十》二人の遠征

「では、三日後に。成功を祈る」

辻馬車の主人は鮫島と田川に挨拶をすると、さっさと行ってしまった。

リザーズのことを恐れているからだろう。

「これで無一文になっちまったなぁ～。もうやるしかないぜ！」

「うん……」

馬車の運賃を払い野営装備を揃えたところで、二人の金は綺麗さっぱりなくなっていた。

彼等の視線の先には森が広がっている。狙いはリザーズの頭領だ。

「田川、リザーズの拠点まで最短ルートで頼むぜ」

「大丈夫。何度も予習したから」

田川が固有スキル【マップ】を発動すると、半透明な板がその手に現れて詳細な地図が表示された。

「鮫島君、私の人差し指の方角に真っ直ぐ進んで」

「任せとけ！」

鮫島は鉈を腰から外し、草木を刈り飛ばしながら進み始めた。田川が後に続く。

毎日の狩りで魔物には慣れていたが、森に入るのは初めて。鮫島は緊張した表情を浮かべ、五感全てを研ぎ澄ましていた。田川もこまめにマップに目を落とし、地形のチェックに余念がない。

「鮫島君。五メートル先の地面に空洞があるわ。とても深い縦穴。絶対に落ちないでね」

「えっ、穴？　全然見えないぞ？」

「カモフラージュしているみたい。石を投げてみて」

田川に言われた鮫島は両手を広げたサイズの石を拾い、エイヤと前方に投げる。石が地面に転がることはなく、ぽっかりと穴が現れた。

「落とし穴か？」

「そうね。底が見えないぐらい深いわ。リザーズの仕業かも。慎重に進みましょう」

鮫島は無言でこくりと頷いた。

おおよそ半分の道のりを踏破したところで二人は野営の準備を始めていた。まだ日が落ちるまでには時間があったが慎重派の田川が主張し、鮫島がそれを受け入れた形だった。

大木と岩に囲まれた窪地を野営場と決めた二人は天幕を張り、その下で火を焚いて夕飯の調理を始める。湧き水で満たされた鍋を火にかけ、そこに干し肉と塩を突っ込む。

田川はじっと鍋が沸騰するのを待つが、鮫島は空腹に耐えられなかったのだろう。リュックから取り出した硬いパンに噛り付いていた。

「ねえ、鮫島君。本当に大丈夫かな？　このままだと明日にはリザーズの拠点だよ？」

「何を言っているんだよ？　それが目的だろ？」

「そうだけど……。相手は盗賊団だし……」

「心配しなくていい。暴れるのは俺だ。スキルを使えば、盗賊なんかには負けない。頭領だって一対一で戦えば、きっと大丈夫だ」

鮫島は勇ましく返すが、その声には不安の色があった。気を遣って田川が話題を変える。

「そう言えば、番藤君ってどうしたのかな？　誰もどこへ行ったか知らないみたいだけど」

「王都にいないってことだけは確かだよな。あいつは俺達と違ってなんの装備も王国から提供されてないし、大変だろうなぁ」

鮫島は岩に立て掛けていた長剣を確かめるように触る。

「生きているかな？」

田川は言った後に口を押さえた。失言だと思ったのだろう。

「それは大丈夫だろ？　あいつ、性格悪いから誰かを騙してでも生き延びる」

一方の鮫島はあっけらかんと返した。

「番藤君って意外と優しいらしいよ？　彼と中学校が一緒だった女の子に聞いたことある」

「本当か？　信じられねー」

「その女の子、中学二年の時にスクールカースト上位のグループに目を付けられて、結構酷い扱いだったらしいの。もう学校に通うのをやめようかなって思うぐらいに。そんな時に番藤君がそのグループのリーダーを柔道の授業でコテンパンにしたんだって。相手は柔道部のキャプテンだったのに」

「それって、関係あるのか？」と鮫島は首を捻る。

「普段は全然積極的に動かない番藤君がわざわざリーダーに対して乱取りを申し込んで、クラスメイトの前で圧勝。それで一気にカーストが崩れたの。ってその女の子は目を輝かせながら話していたわ」

「ただ番藤がその柔道部のキャプテンのこと気に食わなかっただけじゃね？　あいつ、人に恥をかかせるの好きだし」

鮫島が言い終えた頃に丁度、鍋が沸騰した。田川が質素なスープを器に取り分ける。

「うーん。そうなのかな？　そうかも」

二人は手早く食事を終えると交代で仮眠を取り、夜が明けるまでそこで過ごした。

「おっ、冒険者だ」

大木の枝の上で監視業務に就いていたチェケはスキル【遠見】によって人影を見つけた。

一人は赤髪黒目の男、もう一人は黒髪黒目の女。女は眼鏡を掛けている。

「いや……勇者かも……!? ボスに知らせないと!!」

緩んだ表情が一変して引き締まり、チェケはスルスルと木から下りて走り始めた。リザーズの拠点が見えてくると、グルグルと腕を回す。敵襲の合図だ。

周囲の空気がひりついたものに変わる。潜んでいる団員達の殺気によって……。

チェケは廃坑の入り口に飛び込むと坑道を全速力で駆けていく。すれ違う団員に「敵襲だ！」と声を掛けながら。鉄製の扉の前まで来ると、急停止して扉を叩く。

「ボス！ 敵襲です!! 入っていいですか？」

少し間があって、「入れ」と声が返ってきた。

「黒目の二人組がこちらに向かっています！」

「ほぉ。バンドウが言っていた『勇者の紋様』ってやつはあったのか？」

「そこまでは判別出来ませんでした！」

盗賊団頭領コルウィルは渋い顔をする。

「どうします？」

「とりあえず生け捕りにしろ。勇者かもしれん」

「了解っす！」

チェケは嬉しそうに返事をして、くるりと踵を返して部屋から飛び出し、駆ける。

「敵は二人組！　生け捕りにせよとの命令だ！　ぬかるなよ!!」と触れ回りながら。

団員達はよく訓練されているようで武器庫から置盾と弓矢を手に取り、すぐさま廃坑の表に出る。そしてあっという間に陣を組んだ。


しばらくすると赤髪黒目の男が現れた。長剣を片手持ちにしてリザーズの陣を睨む。

「まだだ。もっと引き付けろ」

チェケの言葉に団員は応じる。並べられた置盾の裏で矢をつがえ、じっと時を待つ。

男は長剣を肩に担ぐと一歩、二歩と大股で歩き始めた。やがてそれは疾走へと変わる。

「まだだ」

一対多の戦い。男に勝機があるとは思えなかった。しかし単身で突っ込んでくる。何か策があるのか？　チェケが睨んでいると、俄かに男の身体が赤い光で覆われた。駆ける速度が一段も二段も上がり、団員の間に緊張が走る。

「あれは【狂化】だ！　不味い！　放て……!!」

合図で一斉に矢が放たれる。矢羽が風を切り、何本もの矢が長剣の男に殺到するが——。

「オォオオオ……!!」

凄まじい剣閃がそれを全て打ち払う。男は止まらない。地面を吹き飛ばしながら前へ。

「次！」

二の矢が再び男に向かって放たれる。長剣の腹が全ての矢を打ち落とし、もう陣のすぐ傍へと迫っていた。

「オォオオオ……!!」

男が陣内に飛び込み、長剣を片手で振り回す。

置盾ごと吹き飛ばされた団員が宙を舞った。とても人間の腕力とは思えない。

「【狂化】には時間制限がある！　耐えろ！　盾で圧し潰せ!!」

団員は弓矢を捨て、置盾で身を隠しながら突進していく。しかし——。

「オォオオオ……!!」

獣のような咆哮と馬鹿げた斬撃でまたもや団員が宙を舞う。男の正気を失った赤い瞳が団員を怯ませた。男の長剣がまた振るわれる。リザーズは防戦一方だ。

「お前等、退け!!」

団員を勇気づける声。固まっていた手足が急に動くようになり、射線を開ける。

ギュンと矢羽の風切音。

それまでとは威力の違う矢が長剣を振って無防備になった男の脇腹に刺さった。

チェケが振り返ると、頭領コルウィルが強弓を構えていた。

「さっすがボス！」

「すぐに毒が回るはずだ」

見る見る内に長剣の男が纏っていた赤い光は薄くなる。完全に消えると同時に、男は地面に倒れた。うわ言のようになにか呟いている。

「油断するなよ。こいつが【狂戦士】なら【根性】持ちかもしれない。気持ちが折れない限り、死ぬことはない。ずっと向かってくる。それと、もう一人の勇者も逃すな」

「はい！」

チェケの【遠見】のスキルは木の陰にいる黒髪黒目の女を捉えている。

くるりと踵を返して逃げていく女を、盗賊達が追いかけ始めた。

《十一》命の値段

外が喧しい。休日だというのにとても迷惑だ。ちなみに、毎日休日である。

ゴソゴソと寝床から這い出し、灯りの魔道具を点ける。眩しい。自分でやっておきながら、その眩さに苛立ちを感じる。十分ほどボーッとした後に、ようやく立ち上がった。入り口に立て掛けた丸太の間から陽の光が差し込んでいた。たぶん、正午を過ぎている。光の角度がそう告げていた。

未だにはっきりしない意識で外に出ると、明るい日差しとは裏腹に空気に緊張感がある。

何か起きているのか？

拡張した幅五メートル深さ十メートルの空堀の縁に立って目を凝らすと、リザーズの拠点の方から人が駆けてくる。一人ではない。集団だ。

その先頭は黒髪黒目で眼鏡を掛けた女……。おかしいな。ここは日本ではないはずだが。

女は苦しそうに走っている。こちらに気が付いたのか、真っ直ぐ向かって来た。

「ば、番藤君でしょ……!?　助けてぇ……!!」

眼鏡を掛けた女が空堀の前で止まり、俺の名前を呼んだ。どこかで見たことのある顔だ。

その後ろでは武装集団……リザーズが取り囲むように展開している。

どう考えても面倒事だ。拠点に戻ろう。回れ右をして女に背を向け、一歩踏み出す。

「ちょっと！　なんで無視して行っちゃうの！　助けて！」

必死な叫び声。流石に足を止め、顔だけ振り返る。

「お前を助けたら何か良いことがあるのか？」

「えっ……」

女は「信じられない」という顔をした。その背後では、チェケが距離を詰めている。

完全に女の方に向き直り、問い質す。

「おい、チェケ！　何事だ……!?」

「リザーズの拠点が二人組に襲撃されました！　こいつはその片割れです……!!」

女は気まずそうな表情をする。リザーズを襲撃したのは事実なのだろう。

「お前、名前なんだっけ？　確か、クラスメイトだよな？」

「田川節子です……！」

「そりゃ、忘れる名前だ」

「地味でごめんなさい！　ねぇ、番藤君は盗賊団の一員なの……？」

「いや、ただのご近所さんだ」

チェケは空堀の縁まで来ていた。腕組みをして俺と田川のやり取りを見ている。

「バンドウさん！　こいつ、勇者ですか？」

「いや、違うはずだ」

「じゃ、やっちまっても問題ないっすね～」

腰のナイフを抜いて、チェケが田川の方に一歩踏み込んだ。

「番藤君、お願い！　何でもするから助けて！」

何でもするから助けて。素晴らしい。甘美な響きだ。

「本当に何でもしてもらうが、いいのか？」

田川は一瞬怯むが、チェケの持つナイフの刃を見て決断する。

「死ぬよりはましよ！」

「オッケー分かった。チェケ。こいつの命、金貨十枚で売ってくれ」

「バンドウさん。うちらにも面子（メンツ）ってものが——」

「金貨二十枚」

「オッケーっす！　売ります!!」

取引が成立した瞬間、田川は崩れ落ちて地面にへたり込んだ。

「なぜ鮫島（さめじま）と一緒なんだ？」
「番藤（ばんどう）君が王城から去ったあと、クラス全員が三人一組のチームに分けられたの。人数が足りなかったから私達（たち）だけ二人組になったけど……」
田川は未だ麻痺（まひ）状態で地面に転がる鮫島をチラリと見て、ため息をついた。ちなみに鮫島の命の値段は金貨十五枚だった。二人で金貨三十五枚。チェケからは「まとめてお買い上げなので値引きしました！」と言われた。

「意外な組み合わせだな。どう見ても相性は悪そうだが」

「勇者とそれ以外で選別したんだと思う。その中でも私と鮫島君は特に不要って判断だったんだろうね」

「私達、ハズレって呼ばれていたの……」

俺の拠点の外壁に凭れ掛かったまま、田川は少し寂しそうに言う。

ハズレか。勇者目当てに召喚魔法を発動させた、エミーリア達の言い分だな。

「じゃあ、当たりの勇者達は優遇されているのか？」

「そうだね……。宿で出される食事の献立から違うかな。私達はパンとスープだけ。勇者の人達は毎晩コース料理みたいなのを食べていたよ……。一緒に食堂にいると惨めな気分になるから、途中から食事だけ外でとっていたけど……」

「他に違いは？」

「勇者パーティーには三人に一人の割合で凄い人達が指導者として付いているの。宮廷魔法師のトップや騎士団長みたいな人達に付きっ切りで魔法や剣術なんかを指南されているみたい」

なるほど。有望株には優秀な指導者を割り当てたってことか。

「お前達の指導者は？」

「……いないよ」

「はっはっは……!!」

「笑わないでよ！」

あまりにも露骨な選別に笑いが出てしまった。

「それでエミーリアや他のクラスメイト達を見返してやろうとして、今話題の盗賊団を狙ったわけか」

「それもあるけど、単純にお金がなくて。リザーズの頭領を生け捕りにしたら、金貨百枚もらえるらしいの」

「二人で挑むなんて無謀だとは思わなかったのか？」

「鮫島君と私のスキルがあればいけるかなって、思ってしまって……」

地面に転がったままの鮫島はきょろきょろと目玉だけ動かす。気まずいのだろう。

「二人の称号は？」

「鮫島君は【狂戦士】。私は……【測量士】」

ほお。

「固有スキルはあるのか？」

「鮫島君は【狂化】と【根性】って二つのスキルを持っているの。【狂化】を使うと身体が赤い光に包まれて身体能力が劇的に上昇する。でも、冷静な判断が出来なくなって視界に入る者を敵味方関係なく攻撃しちゃう……。もう一つは【根性】。戦う意思がある限り、死なないんだって」

「鮫島は馬鹿だから、元々敵味方の判別は出来ない可能性が高い。【狂化】ってスキル、メリットしかないいじゃないか。素晴らしい神の差配だ。【根性】の方は本人次第だな」

呂律の回らない鮫島がもごもごと文句を言っている。無視だ。

「【狂化】には他に制限はないのか？」

「効果が続くのは五分程度。一度使うと十分ぐらいのインターバルが必要ってことぐらいかな」

単独兵器としてはかなり優秀だな。何かあった時は鮫島に特攻させよう。

「で、田川のスキルは？」

「私は……【マップ】」

マップ……!?　田川は何故申し訳なさそうにしているんだ？　絶対当たりスキルだろ？

「ちょっとそのスキルを発動してみてくれ」

「えっ、いいけど。どうしたの？」

田川は戸惑いながら「【マップ】」と呟く。その手に透明なタブレットが現れた。覗き込むと、スマホのアプリのような詳細な地図がある。青く光っているのが現在地のようだ。

「これ、拡大出来るのか？」

「出来るよ」

田川がピンチアウトすると、地図が拡大された。うちの間取りが正確に表示されている。

「エミーリア達にこのスキルを見せたのか？」

「見せてないよ。私の称号が【測量士】だった時点で興味を失ったんじゃないかな？　エミーリアさん達は勇者にしか用がないみたいだったから」

愚かだ。田川の【マップ】と俺の【穴】のスキルがあれば、とんでもないことが出来る。

「よし、田川。ついでに鮫島。準備に取り掛かるぞ」

二人は「よく分からない」という顔をしたままだった。

《十二》第五十五回　冒険者会議　議事録

冒険者：王家が執り行った勇者召喚の儀について議論したい。
冒険者：あれは国民に対する人気取りであろう。
冒険者：いや。その前にアルマ神国から使者が来ている。要請があったはずだ。
冒険者：ということは、そろそろ聖女も選定されるってことか……。
冒険者：聖女が決まれば、勇者同士の争いが激しくなる。
冒険者：聖女に選ばれる勇者は一人……。

冒険者：最近、冒険者ギルドに一部の勇者が通っていると聞いている。
冒険者：男女の二人組のことだな。
冒険者：あれは本当に勇者なのか？　一人は赤髪だが。
冒険者：本人に確かめたところ『勇者ではない』と言っていたらしい。
冒険者：既に落第した勇者かもしれんな。とはいえ、将来は優秀な冒険者となるだろう。
冒険者：どちらにしろ、まだ若い駆け出しだ。静かに温かく見守ろう。
冒険者：すまん。その二人にリザーズ頭領の生け捕りを勧めてしまった。
冒険者：はぁ？　なんでそんな無謀なことを勧めたのだ？
冒険者：リザーズの拠点には近寄ることさえ困難だというのに……。
冒険者：……男の方の態度が悪くて、つい……。嘘の情報を与えてしまった……。
冒険者：本当に行っていなければ良いが。
冒険者：俺、そいつらが辻馬車に乗るところを見たぞ？
冒険者：どうする？　王家に報告するか？
冒険者：一応、ギルド経由で伝えておいた方がいいな。
冒険者：了解した。その方向で調整する。
冒険者：他に変わったことはないか？
冒険者：城壁の外にあいた穴の話を知っているか？

冒険者：穴？　ホーンラビットの巣ではなくて？
冒険者：いや、違う。人間が悠々と通れるぐらいの大穴だ。今は憲兵が見張っている。
冒険者：そんな大穴が……。一体どうやって……。
冒険者：王都の地下に巨大な魔物が潜んでいるのでは？　という噂だ。
冒険者：調査結果が出るまで近づかないようにしよう。

《一》レベリング

鮫島と田川が加わって俺の拠点は手狭になった。しかし、家を建てるわけにはいかない。そんなノウハウも時間もない。ということで、自然と地下に向けて拡張することになった。

元々あった大岩の部分はエントランスとなり、そこからほぼ垂直に十五メートルほど梯子で下りるとメインフロアだ。現状は三人それぞれの個室とキッチン兼食堂、そして会議室がある。

会議室で待つこと五分。先ず田川が、次に鮫島がやって来て俺の手作りの椅子に座った。

「鮫島。もう傷は癒えたか？」

「あぁ。チェケにもらったポーションでバッチリ。今なら何本矢を食らっても平気だぜ！」

いや、普通に痛いだろ。

「二人を呼んだのは、今後の方針を伝える為だ」

俺の声色に二人の顔が引き締まる。

「先ず優先すべきは二人の強化だ。最低限、単独で魔物に遭遇しても死なない、逃げ切れるだけの力が必要だ」

田川は頷き、鮫島は「へっ、俺は魔物なんかには負けないぜ」という表情をしている。

「二人は今、レベルは幾つだ？」

「俺はレベル五、田川はレベル三だ！」

鮫島が得意気に言い放つ。

「カスめ」

「はぁ……!?」「えぇ……!?」と二人。

「よくそんなレベルでこの森に入り、リザーズを狙おうなんて考えたな！」

「なんだと……!?」

鮫島が立ち上がろうとして、田川がそれを止める。

「お前等はこの世界を舐めすぎだ。エミーリア達にハズレと呼ばれている一方で、どこか自分達も特別な存在だと勘違いしているんじゃないか？　ここでは命の奪い合いが毎日行われている。それはお前等も例外じゃない」

少しは効いたようだ。鮫島がしおらしく目を伏せた。

「二人にはレベル十を目指してもらう。早急に」

「私達、そんな急にレベルは上がらないよ？　勇者じゃないんだから……」

「勇者かどうかは関係ない。やる気の問題だ。レベルが低いことを勇者達に馬鹿にされていたんだろ？」

「……うっ」「……されていました」と返ってきた。

「ならばせめてレベルだけでも追いつく気概をみせろ」

鮫島が上を向いた。田川も続く。

「やってやる！」「私も……やってみる！」

よし。いい流れだ。

「二人にはそれぞれメニューを考えた。森へ行くぞ」

俺が会議室を出ると、足音が二人分付いてくる。心なしか弾んでいるように聞こえた。


「ここから先は慎重に進め」

俺が小声で指示を出すと、鮫島と田川は黙って頷いた。緊張感を維持しているようだ。

今、俺達が向かっている先には天然の洞窟があり、中はゴブリンの集落になっている。

「短期間でレベルを上げる方法は二つ。魔物を大量に倒すか、強い魔物を倒すかだ。鮫島には前者をやってもらう」

「大量に倒す……のか？」

「そうだ。あそこに洞窟が見えるだろ？　あれはゴブリンの集落だ。特攻して五分間【狂化】で暴れ、効果が切れれば外に出てこい。そしてクールタイムが終わればまた【狂化】。

これを延々と繰り返す」

「おい！　クールタイムの間にゴブリンに囲まれたらやべーじゃねえかよ!!」

「洞窟の外に出て俺の近くに来れば大丈夫だ。奴等(やつら)は襲ってこない」

「本当だな!?　信用していいんだろうな？」

「俺が嘘をつくような男に見えるか？」

「見えるから言っているんだよ……!!」と言いながらも鮫島は右手に鉈(なた)を持って洞窟へと歩いていく。次第に大股になり、やがて走り始めた。そして、身体(からだ)が赤い光に包まれる。

「あれが【狂化】か。スピードがグンと上がったな」

俺の言葉には反応せず、田川は鮫島を心配そうに見つめている。

「大丈夫だ。見てみろ。早速ゴブリンを二体、片付けた」

実際のところ、鮫島の暴れっぷりは凄(すご)い。入り口付近のゴブリン達を一瞬で血祭にあげ、洞窟の中へ。絶えずゴブリンの悲鳴が聞こえてくる。

そして五分ほど。【狂化】の解けた鮫島がゴブリンの列を引き連れてこちらにやって来る。

「番藤(ばんどう)君……！　ゴブリン来ちゃったけど……!!」

「問題ない」

鮫島とすれ違うように前に出て、矢面に立つ。すると――。

「ゴブリン達が……」「逃げていく……」

そう。ゴブリンは俺の姿を見るなり、慌てて集落へと逃げていく。悲鳴を上げながら。

「何で番藤はゴブリンに恐れられているんだ？　おかしくないか？」

鮫島は息を整えながら、不思議そうに言う。

「ここの集落は俺が少し前に狩場にしていたからな。洞窟の中に火の付いた矢を打ち込み、煙でパニックになって出てきたところを落とし穴に嵌めていた」

「えぐい！」「酷い！」と二人。

「まとめて何十体も始末出来るので効率がいい。これを何回かやっていたら、この辺りのゴブリンは俺を見ると逃げ出すようになってしまった。失礼な話だ」

「俺、ゴブリンじゃなくて良かった……」

「私も……」

そんな会話をしていると、そろそろ十分が経過。

「ほら、鮫島。二セット目行ってこい」

「おっしゃー！　やってやるぜー‼」

鮫島は再び鉈を持って走り始める。ゴブリン達が鮫島を見て逃げ出すのも時間の問題だ。

鮫島がゴブリンの相手を出来るようになったところで、田川のパワーレベリングに移る。

「番藤君。どこに向かっているの？」

田川が不安そうな声を上げながら、俺の後を付いてくる。

「昨晩、森の中に複数の罠を仕掛けた。そこへ向かっている」

「罠って落とし穴？」

「あぁ。死なない程度の」

「えっ……？」

田川は「分からない」という顔をしている。何も難しいことは言っていないのに……。

実際に見てもらった方が早いだろう。

「おっ、かかってそうだな」

獣道に突然ぽっかりとあいた穴。それを覗き込むと――。

「ブィィ……」

二十メートル落下して弱っているオークがいた。

「田川、見てみろ。オークだ」

恐る恐る穴の縁に近寄り、田川は覗く。

「いる……」

「この辺りはオークの縄張りだ。昨晩、俺はこいつらの巡回ルート上に罠を仕掛けた。死なない程度の落とし穴を」

「なんで死なないって分かるの？」

「それは今までの経験だ。オークは体が丈夫だ。深さ三十メートル以上の穴に落ちないと死なない。で、今回のパワーレベリング用の穴は二十メートル。ギリギリ生きている」

田川は複雑な表情を俺に向ける。これから何をやるか察しているのだろう。

「レベル上げにおいて、オーク一体はゴブリン三十体に匹敵する。効率がいいよな？」

「いいですね……」

「田川の目的はなんだ？」

「レベルを上げることです……」

「では、どうする？」

「負傷して弱ったオークを倒して、レベルを上げます……」

「正解だ。褒美にこのリザーズ特製、猛毒のナイフを貸してやろう。絶対に刃の部分には触れるなよ？」

そう言ってリュックから鞘に入ったナイフを取り出す。田川は恐る恐る受け取った。

「では、これからオークを地上に出す。いいな？」

「大丈夫です……」

屈んで地面に手を付ける。

「【穴】解除」

ドンッ！　と土埃が舞い、それが晴れると豚面の魔物が現れた。ぐったりしている。

「楽にしてやれ」

「……はい」

田川はナイフを抜くと慎重に近寄る。オークは反応しない。毒を塗った刃が光る。

「ブィィ……」

弱弱しい断末魔の声。みるみるうちにオークの顔が白くなり、呼吸が止まった。

これまでも魔物を殺しているはずだが、田川の顔は青い。人型は初めてだったのだろう。

つい最近までただの女子高校生だった田川にとっては辛いかもしれない。

しかし、生き抜く為には必要だ。

「お疲れ様。魔石を取り出してくれ。毒で肉は食えないから捨てる」

「はい……」

田川は毒のナイフを鞘にしまい、自分のナイフでオークの魔石を抉り取る。

「よし。次に行くぞ」

「はい……」

足取りは決して軽くはなかったが、田川は歩き始めた。

《二》ターゲット

拠点の会議室。対面に座る鮫島と田川の顔は精悍さを増していた。

「今のレベルを教えてくれ」

「俺は二十！」「私は十二」

十分だ。寝る間を惜しんでレベリングに励んだ効果が確実に現れている。

「二人ともこの短期間でよく頑張った。今ならお前達を馬鹿にした勇者達にも引けを取らないだろう。もう、お前達を笑う者はいない。次は……仕返しのフェーズだ」

「仕返し！　面白そうだな!!」

「えっ……」

二人の反応は対照的だ。乗り気な鮫島は目をぎらつかせ、一方の田川は困惑している。

「俺は、未だにイラついているんだ。エミーリア達は勝手に俺達を召喚しておいて、勇者じゃないと分かると邪魔者扱いだ。許せないと思わないか？」

「絶対に許せねぇ……!!」

鮫島は拳を握る。

「……うん。酷いって思う」

田川の瞳に少し、力が入った。

「とはいえ、現段階で正面から王国に喧嘩(けんか)を売るのは下策だ。俺達(たち)はたった三人だからな。スキルを活用して裏側からこっそりとガドル王国に打撃を与えるべきだ」

二人はゆっくりと頷(うなず)く。

「知っての通り俺の固有スキル【穴】はあらゆるものに穴をあけることが出来る。そして田川のスキル【マップ】はあらゆる地形を丸裸にする。ガドル王国の王城さえも。この二つのスキルを組み合わせれば、エミーリア達に吠(ほ)え面(づら)をかかせることが出来るはずだ！」

田川が大きく目を見開いた。

「マップを出してくれ」

「うん」

田川の手に透明な板が現れ、会議室のテーブルに置かれた。現在地を知らせる青い光がマップの中央にある。ピンチインして縮小すると、王都がマップ上に現れた。今度はピンチアウトして王城に狙いを定める。

「王城のフロア図を出してくれ」

田川が王城をタップすると何重にも重なってフロア平面図が現れた。

「チェケに聞いた話によると、今の王家の連中は金が大好きらしい。民に重税を課したり、貴族から爵位剝奪して財産を没収したり。そして、たんまり貯(た)め込んでいるそうだ。王城のどこかに……」

鮫島が唾を飲み込む。田川は国王の所業に眉をひそめた。

「二人は俺より王城には詳しいだろ？　どこに宝物庫があるか、当たりをつけてみてくれ」

二人は真剣な表情でフロア平面図の精査を始めた。


「この地下二階の部屋なんだけど……」

田川がフロア平面図を拡大して、ある一室を指さす。

「ん？　この部屋が怪しいのか？　他と変わらない気がするけど」

鮫島は首を捻っているが、田川は続ける。

「この部屋に至る通路だけ、別なの。地下一階から直接この部屋に繋がっている感じ」

確かに田川の言う通りだ。

「警備しやすい造りになっているな。となると考えられるのは……」

「牢屋か宝物庫……かな？」

「うおおおぉぉぉ……!!　どっちでも面白いことになりそうだな!!　財宝を奪うか、罪人を解放するか……!!　番藤！　今から襲いに行こうぜ……!!」

鮫島が目を輝かせる。こいつ、今までずっと衝動だけで行動して来たのだろうな。

「鮫島。悪だくみは準備が八割だ。思い付きで行動しても思ったような結果は得られない。

あらゆる事態を想定し、それに対応出来るように備える。俺は今までそうやって他者に嫌がらせをしてきた」

「悪だくみって凄いな……!!」

「番藤君……。それは最早仕事だよ……」

鮫島は感心したように頷き、一方の田川は呆れたように言う。

「先ずは経路を確保する。この拠点と王都を地下通路で繋げてしまおう」

マップをピンチインして縮小し、拠点と王都の間を指でなぞる。

「ちょっと……それはやり過ぎじゃない？」

「田川、自分に出来ることであれば、何をやっても問題ないと親に習わなかったのか？」

「ウチの両親はそんなこと言わないよ？」

「俺は『もう勝手にしなさい！』って親に言われていたぞ！　番藤の家と一緒だ！」

鮫島、それは違うぞ。

「次に移動手段の確保だ。これはリザーズからオオトカゲを借りる予定だ」

「オオトカゲに乗れるのか……!!　やったぜ……!!」

「鮫島君、子供みたい……」

田川が呆れる。

「で、もし財宝があった場合だが手持ちでは持ち帰る量が限られてしまう。そこで、オオトカゲに曳かせる荷車を作ろうと思う。大工道具は既にあるから問題ない」

「俺も手伝うぜ！」

「私は何を準備すればいい？」

「田川はこの拠点と王城までの地下通路の詳細なルートをメートル単位で割り出してくれ。マップを使えば可能だろ？」

「多分……」

「よし。準備開始だ。鮫島行くぞ。田川、頼んだぞ」

「おっしゃー！　やるぞ……!!」「うん、やってみる」と二人は頷いた。

◇◇◇

夕食を終えた後に会議室に行くと、鮫島と田川が揃っていた。

「いよいよ作戦決行だ。二人とも体調は問題ないか？」

「大丈夫」「バッチリだぜ！」

やる気は十分。二人とも顔つきが引き締まっている。

「穴は既に王城の真下まで延びている。今から我々は約四十キロの道のりを踏破しなければならない。休憩なしで歩いても八時間は掛かる距離だ。しかし、今日はアイツがいる」

会議室の外に視線を向けると、縦に瞳孔が細くなった瞳が俺を見つめていた。リザーズからレンタルしたオオトカゲだ。地上から新しい穴をあけて、拠点の中に連れて来た。

「やっと乗れるんだな！　やったぜ……!!」

「鮫島君、遊びじゃないからね！」

そう言う田川も声が弾んでいる。

「特に力の強い個体を借りたから、財宝が山のようにあっても問題ないだろう」

宝の山を想像してか、鮫島の頬が緩む。

「もし……牢屋だったらどうするの？　誰かいるかも……」

「王城の地下に収監されるような人物なら、王家の敵で間違いないだろう。連れ帰って仲間に引き込んでしまうのも手だ」

「それもいいかもね」

「他に質問は？」

二人は首を横に振る。もう、何度も作戦会議を重ねてきたから、当然とも言える。

「では、早速移動を開始する」

俺が立ち上がると、二人もそれに続く。三連結の鞍を装着したオオトカゲも付いてくる。

拠点の一角にあいた直径三メートルの穴を魔道具で照らすと、どこまでも続いている。

「鮫島、オオトカゲに荷車を繋いでくれ。各自の荷物も荷車に乗せてしまえ」

「任せとけ！」

鮫島は鞍から延びるロープに荷車を繋ぐ。オオトカゲが少しだけ嫌な顔をしたが我慢してもらおう。灯りの魔道具をオオトカゲの頭部に装着し、準備は整った。

俺が先頭の鞍に跨ると、鮫島、田川の順番でそれに続く。

「では、出発する」

手綱で「前進」を指示すると、オオトカゲはゆっくり動き始め、次第に速度を上げた。

《三》王城の地下

「この上で間違いないよ」と【マップ】を確認した田川が断言する。

透明なタブレットを覗き込むと、今いる地点から三メートル上に例の部屋があった。

様々な角度から地形を丸裸にする田川の固有スキルは本当に素晴らしい。

「番藤！　やってくれ！」

長剣を背負った鮫島が急かす。田川も期待した目でこちらを見ていた。それに応える為、荷車の上に立ち、手を伸ばす。ギリギリだが、地下通路の天井に指が触れた。

「……よし。やるぞ。【穴】！」

ダンッ！　と音がして天井に直径一メートル五十センチほどの穴があく。灯りの魔道具で照らすと、例の部屋と繋がっているのが分かった。部屋には灯りがないらしく真っ暗だ。音もしない。少なくとも、中には誰もいないようだ。

荷車から降りて鮫島を見ると、黙って頷く。手にしていた灯りの魔道具を腰のベルトに下げ、今度は鮫島が荷車の上に立った。軽く屈伸する。そして——。

「フンッ」

垂直跳びをして舞い上がり、穴の中へ吸い込まれる。とんでもない跳躍力。

これは鮫島が【狂戦士】の称号を持ち、レベルが二十に上がったからだ。

見上げると、鮫島は両手両足を突っ張って穴を登っていた。すぐ例の部屋へと到達する。

「ングッ」

腕の力で身体(からだ)を引き上げ、鮫島は部屋に転がり込んだ。

「どうだ?」

最低限の音量で尋ねる。

「やべえ!　お宝だ……!!」

興奮した鮫島が大音量で返す。こちらの意図が伝わっておらず、眩暈(めまい)を起こしそうだ。

「……声を抑えろ。ロープ投げるぞ」

錘(おもり)の付いたロープを放り投げると鮫島が受け取り、「来い」と合図をする。

「田川はここで待っていろ。お宝を落とすからちゃんとキャッチしろよ」

緊張した様子の田川は黙って頷く。その横ではオオトカゲが退屈そうな顔をしていた。

「じゃ、行ってくる」

ロープを摑み右脚に巻き付ける。左足でロープの端をロックしながら、腕の力でグイと身体を持ち上げた。それを数度繰り返すと、鮫島の足元が見えてきた。

差し伸べられた手を摑むと一気に引き上げられる。

「おぉ」

灯りの魔道具でぐるりと部屋を照らす。十メートル四方はあるだろうか。家具はなにもなく、蒐集された金塊や宝石や魔石、武具や使い道の分からない魔道具などが雑然と置いてあった。壁面には様々な魔物の彫刻があり、趣味の悪さを感じさせる。

「凄いだろ？」

鮫島がドヤる。別にお前のコレクションじゃないだろう……。が、まぁいい。

今は如何に素早く仕事をこなすか。だ。

「壊れないものは全部、穴の下に落とそう。繊細な宝石などは自分のリュックに入れろ」

「オッケー！」

また声を大きくした鮫島を睨みつける。鮫島はお構いなしにどんどん金塊を落とす。

俺も手頃な宝石類をリュックに詰め込んでいると——。

ギギギッ。と金属が軋むような音がする。灯りの魔道具を向けると部屋の隅、柱の彫刻

——ガーゴイルだろうか？　が動いているように見える。

「部屋の四隅を見ろ！　ガーゴイルだ！」

「へっ？　がーごいる？　なんだそ——」

ビィィ！　と青い光線がガーゴイルの目から放たれ、俺の頬を掠めた。

慌てて跳び退き、壁に手を触れる。

「【穴】！」

ドン！　と穴をあけて転がり込む。巻き添えを食わない為に……。そして指示を出す。

「鮫島！　【狂化】だ！」

「おっしゃっ！」

鮫島の身体が赤く発光し、物凄い速度で踏み込み長剣を振りトろす。

柱のガーゴイルは頭がひしゃげ、もう目に光はない。まず一体。

灯りを消すと、鮫島の身体とガーゴイルの目の光だけが暗闇に浮かんだ。

「ウオオオォォォ……!!」

煌めく赤い閃光が闇に線を残す。鮫島の凶刃が宝物庫の中で荒れ狂う。

鮫島の動きはどんどん速くなり、青い光線を掻い潜り、何度も剣を振るう。

「はぁはぁはぁ……」

丁度五分が経過した頃、鮫島の身体を覆っていた赤い光は弱くなり、やがて消え失せた。

「番藤（ばんどう）……。もう大丈夫だ……」

壁の穴を塞いで部屋を照らすと、四隅のガーゴイルは滅茶苦茶（めちゃくちゃ）に壊されていた。

「よくやった。ただ、城の奴等（やつら）に気付かれた可能性が高い。急いで宝を穴に落とせ！」

「分かった！」

鮫島は荒い息で我武者羅に宝を落とす。俺もそれに続く。

ほどなくして部屋の外が騒がしくなり始めた。

「そろそろ限界だ！　穴を下りて地下通路へ戻れ！」

「番藤は？」

「一仕事終えたら、すぐに行く！」

鮫島が抱えられるだけ宝を抱え、穴に飛び込む。

俺はズボンのポケットから小瓶に入った塗料を取り出し、壁にある文字を殴り書きした。

そして鮫島の後に続いて穴から飛び降りる。

「どうしたの？　見つかっちゃった？」

「あぁ。中で派手に暴れたからな」

荷車の上に立ち、部屋と通路を繋（つな）ぐ穴に手を翳（かざ）した。

「【穴】解除！」

宝物庫の床にあいた穴は綺麗（きれい）に塞がった。

今頃空っぽになった部屋を見ながら、兵士達は呆然としているだろう。

「よし。宝を全て荷車に乗せろ。金貨一枚、残すなよ」

「ちゃんと分け前くれよな！」

鮫島は興奮した様子で重そうな金塊を荷車に積んでいく。

「こんな大きな宝石、初めて見た……」

田川はぽかんと口をあけて、拾った指輪を眺めていた。

「手を動かす」

「あっ、ごめんなさい！」

三人でせかせかと動くと、あっという間に荷車は宝の山で一杯になった。

それに上から布を被せ、ロープでガチガチに固定する。

「では、拠点に戻る。気を抜くなよ」

「さっさと帰ろうぜ！　拠点に戻ったら俺、金塊風呂やるから！」

鮫島……。それは痛いだけだ。

俺が先頭の鞍に跨ると、行きと同じように鮫島と田川が続く。

「よし、前進」

荷車の重さでオオトカゲの出足は悪い。しかし、確実に進んでいく。

「なぁ番藤？　今頃城の中はどうなっていると思う？」

鮫島が後ろから声を掛けてきた。

「それは大騒ぎだろう。血眼で侵入者を探しているはずだ」

「俺達がやったってバレるかな？」

「いや、それはない」

「何故、言い切れる？」

「ある仕掛けをしたからな？」

「仕掛け？　何をしたんだ？　教えろよ！」

俺の肩を鮫島が揺する。

「いずれ分かる。それまでのお楽しみだ」

鮫島が「教えろ！」と騒いでいるうちに、オオトカゲは俺達の拠点へと辿り着いた。

《四》夜襲

第一王女エミーリアの執務室は深夜にもかかわらず、灯りが灯っていた。

少し眠そうなエミーリアと、疲労の色が濃い宰相がテーブルに並べられたカードを見ながら眉間に皺を寄せている。

「一番成長が早いのは？」

「アオキのパーティーです」

　エミーリアは少し考え込んでから反応する。

「サッカーブのキャプテンだったかしら？　初日にバンドウに転がされた男ね」

「左様です。それをきっかけに訓練にも熱心で、レベルも既に十五を超えております」

「流石は勇者ね。王都の周りには弱い魔物しかいないというのに、もうそんなレベル……」

　エミーリアの驚きの表情に宰相は満足気だ。

「他にも成果は上がっております。クサナギが【光魔法】を使えるようになりました」

「魔法書を使わずに覚えたってこと？」

　宰相はコクリと頷く。大前提として、適性のある称号持ちではないと魔法を覚えることは出来ない。その上で魔法の閉じ込められた魔法書を熟読する必要がある。草薙はそれをせずに魔法を習得したというのだ。

「宮廷魔法使いの筆頭が彼等の指導にあたっております。【光魔法】の実演を見て、覚えてしまったのでしょうな」

　二人とも「呆れた」という顔をした。

「アオキとクサナギがこのまま順調に成長すれば、どちらかが聖女と結ばれることになりそうね」

「その可能性が高いかと」

「二人が他の女と婚約したりしないように気を付けてね」

「ふむ。それですと、クサナギとミウラの関係が厄介ですね。ミウラはクサナギに好意を寄せている節があります」

「勇者召喚魔法も困ったものね。男だけ召喚して、勇者の称号を与えればいいのに。女や勇者以外の異物が交じってしまう」

　エミーリアはため息をつく。

「昔からの課題ですな。もう少し精度を上げられればよいのですが、かつての国王が創った魔法を改良出来る者はおりません」

「そうね……。ところで、アルマ神国の聖女の話題が聞こえて来ないわ。『勇者を用意せよ』と言ったからには、もうそろそろ聖女が選定されてもいい頃じゃない？」

「エミーリア様。前回の魔王討伐時も聖女の選定は勇者召喚からしばらく経って行われました。アルマ神はきっと、勇者の成長を待っておられるのでしょう」

「見られている……ってことね。そろそろ勇者育成の場をもっと魔物の強い地域に移した方がいいのかもしれないわね……」

「それについては勇者の指導者達からも意見が挙がっております。西の森への遠征を計画してはどうかと……」

　エミーリアの視線が鋭くなる。

「西の森はあの盗賊団の住処になっているのでしょ？　その排除が先ね」

「おっしゃる通りです。上位の冒険者を向かわせられないか、一度冒険者ギルドに掛け合ってみます」

宰相がメモを書き込み手帳を閉じる。それを合図と受け取ったエミーリアが口を開いた。

「今日はそろそろ終わりにしましょう」

「そうで――」

突然、廊下に激しい足音が響く。すぐさま、執務室の扉が叩かれた。

「何事だ！」

宰相が忌々しげに声を上げた。

「王城に賊が現れました！　エミーリア様はご無事でしょうか？」

宰相と目を合わせ、エミーリアは軽く頷く。宰相が慎重な足取りで部屋の入り口に向かって扉を開けると、近衛騎士だった。エミーリアの警護を担当している者だ。

「一体、何があったの？」

「地下の宝物庫が襲われたと連絡が入りました!!」

「馬鹿な！　宝物庫を開けられるのは王族だけのはず！」

宰相が怒鳴る。

「警備を担当していた者が宝物庫の中で激しい音が鳴るのを聞いたそうです！」

「まだ中を確認していないのね？」

宰相と比べてエミーリアは冷静だ。

「はっ！　エミーリア様以外、王族の皆様は就寝なさっていますので……」

近衛騎士が目を伏せながら答えた。

「いいわ。私が宝物庫を開ける。近衛騎士を集めて」

「直ちに！」

近衛騎士は慌てた様子で駆けていく。

「全く、うたた寝する時間すらありませんなぁ」

「本当に……」

二人が愚痴っていると、複数の足音が近づいてくる。

近衛騎士が五人、エミーリアの執務室の前に集まった。

「エミーリア様。護衛いたしますので、地下へ……」

「今、行くわ」

エミーリアが部屋から出ると、近衛騎士が前後に付く。気になるのか、宰相もエミーリアの横に並ぶ。薄暗い廊下を物々しい一団が進み始めた。

「状況は？」

「今は静まり返っています……」

地下一階から宝物庫へ至る扉の前に、疲弊した様子の近衛騎士が立っていた。

「誰も通していないだろうな？」

宰相が低い声で尋ねると、近衛騎士は「もちろんです」と答える。

「音がしたというのは本当なのね？」

「はい。激しい金属音と男の叫び声が……」

エミーリアと宰相が顔を見合わせる。「信じられない」というように。

「とにかく、中を見てみましょう」

扉が開かれ、階段が姿を現す。近衛騎士が一歩一歩、確かめるように下りていく。

エミーリア達もそれに続いた。

地下二階の一本道の突き当たりに金属製の重厚な扉が見える。

取っ手のようなものはなく、その代わりに拳大の水晶が埋められて半球を描いている。

近衛騎士が二人、扉の脇に立って腰から剣を抜いた。上段に構え、ぴたりと壁に付く。

一度深く息を吸ってから、エミーリアが水晶に手を翳した。

水晶は青く輝き、扉が震え始める。

「下がってください」

エミーリアを庇（かば）う様に近衛騎士が一人前に出て、脇に控えていた二人と並ぶ。

扉は地響きと共に左右に分かれ、宝物庫が口を開いた。

三人の近衛騎士が鋭く踏み込み、残りの二人が魔道具で中を照らす。

「……」

誰も何も発しない。

「どうなっているの？」

エミーリアが疑問の声を上げると、振り返った近衛騎士の一人が中へと促した。

訝しげな表情を浮かべながら、エミーリアは宝物庫に足を踏み入れる。

「なんてこと……!?」

何もなかった。金塊も宝石も魔石も。魔剣も魔道具も。一切が消え失せていた。

エミーリアは自分の足元を見つめて呆然と立ち尽くす。

「物凄い力で破壊されています……」

近衛騎士の一人が宝物庫の隅で呟く。その視線の先には頭がひしゃげて胸にまでめり込み、完全に機能を停止したガーゴイルがあった。

「あれ、この落書きは……？」

後から宝物庫に入ってきた宰相が間抜けな声を上げる。

宝物庫にいる全員の視線が、宰相の指差す先に集まった。

『リザーズ参上!!　宝は全て頂いた!!』

エミーリアが拳を握り、怒りで身体を震わせ始める。

「許さない……」

怒気の籠った声に、近衛騎士達が顔を見合わせる。

宰相は「まずいことになった」と額に脂汗を浮かべた。

「何か知っているの……？」

エミーリアが宰相に詰め寄る。

「召喚したハズレの二人が……リザーズの頭領を生け捕りにする依頼を冒険者ギルドで受けていたらしいのです……」

「そこから情報が漏れたってこと……？　しかしどうやって……」

「……後から確認したのですが、その一人が【測量士】という称号を持っていたそうです」

「初めて聞く称号ね」

「はい。もしかすると、宝物庫の場所を特定出来るようなスキルを持っていたのかも……」

エミーリアのこめかみがピクリと脈打った。

「リザーズ討伐隊を組織しなさい……!!　今、直ぐに……!!」

「しょ、承知しました！」

「ガドル王国を敵に回すとどんな目に遭うか、思い知らせてやるわ……!!」

肩を怒らせ、エミーリアは大股で歩き始める。そして、空っぽの宝物庫を後にした。

《五》詰問

「ねえ、番藤君……！　起きて……」

喧しい。俺の眠りを妨げる騒音。その声の主は万死に値する。

だらりと上体を起こし、寝袋から転がり出る。

「……なんだ？」

扉の向こうに問い掛ける。息をのむような間があり、答えが返ってきた。

「あの、お客さんが来ているの。番藤君に話があるって……」

田川か。

「待たせておけ。俺はまだ寝る」

「駄目だよ！　お客さん、随分と怒っているみたいだから……」

もしやあの件か……。仕方がない。

「分かった。着替えたら行くと伝えてくれ」

「うん……」

扉の前から気配がなくなる。

「思ったより早かったな……」

一度伸びをして身体を目覚めさせ、手早く準備を済ませる。

自室から出て食堂に向かうと、鮫島と田川が浮かない顔で茶を飲んでいた。

俺を認めると二人は立ち上がる。

「おい番藤！　お前何かやったのか？」

鮫島が心配そうな表情を見せる。

「いや。悪いことは何もやっていない」

「本当か？　奴等、滅茶苦茶怒っているぞ！」

「待っているから、早く行こうよ」

心配性の田川が急かす。

「外にいるのか？」

「うん。ずっと立っているよ」

茶を一杯もらってからエントランスへの梯子を登る。二人もついてきた。


外に出ると空堀の向こうにチェケとコルウィルが立っていた。

二人とも腕組みをして苛立ちを隠そうとしない。

「バンドウ。話がある」

コルウィルの低い声。簡単に済ますのは難しそうだ。

地面に手を翳し、【穴】を解除して堀に橋をかける。コルウィルがつかつかと歩いてきた。

「ガドル王国王城の宝物庫が襲われたらしい。何か知っているか？」

耳が早いな。リザーズは王都にも情報源があるらしい。

「知らない。お前達、何か知っているか？」

振り返り、鮫島と田川に尋ねる。二人は下を向いたまま「知りません」と答えた。

「お前達にオオトカゲを貸した日の夜に宝物庫が襲われたのだぞ？」

コルウィルが一歩踏み出し、威圧するように言った。

「あの日は夜のピクニックをしていた。楽しかった。なあ？」

再び振り返り、鮫島と田川に振る。二人は顔を背けながら「楽しかった」と答えた。

コルウィルが眉間に皺を寄せる。

「宝物庫の壁には『リザーズ参上!!　宝は全て頂いた!!』と書かれていたらしい」

「お前達がやったのか……!?」

「違う！　バンドウ達がリザーズの名前を騙って盗みを働いたのだろ……!?　状況的にお前達しか考えられない……!!」

流石にコルウィルは馬鹿ではないな。

「その通りだ。リザーズの名前を売っておいた。礼はいらないぞ」

「ふざけるな！　一体、何が目的だ……!!」

「ガドル王国の王家をコケにしてやろうと思ってな。宝物庫を襲ったのはその最初の一手。

ただ、俺達はたった三人しかいない。どう考えても手が足りないので、リザーズをゲームに招待した」

「巻き込んだだけだろ!!　ふざけやがって!!　まだ何かするつもりなのか……!?」

「何をするんすか……!?」

興味津々なのか、チェケも寄ってきて瞳を爛々と輝かせる。

「宝物庫の中身を丸っと奪われたんだ。王家はリザーズ討伐隊を組織するだろう。第一王女エミーリアの性格を考えると、王国民にも大々的に宣伝するはずだ。国を挙げての盗賊狩り。異世界の勇者をアピールする最高の場になると思わないか……?」

「勇者達がこの森にやって来ると……」

コルウィルが思考を巡らせる。

「まず、間違いないだろう。奴等にとっては勇者のお披露目の場。そこで、恥をかかせる。最高だと思わないか?」

「勇者達は、お前の仲間ではないのか?」

笑わせる。

「おい、鮫島!　田川!　勇者は仲間か……!?」

振り返ると怒りに満ちた顔が二つ。

「そんなわけないだろ!　アイツら、人を見下しやがって!」

「仲間では……ないかな」

　コルウィルに向き直り宣言する。

「勇者は仲間ではない。俺を楽しませるだけの存在だ！」

「……いかれてやがる」

　チェケが瞳を輝かせる。

「でも！　なんか面白そうっすね!!　伝説の勇者のカッコ悪いところ見たいっす!!」

「だろう？」

　ウンウンとチェケは頷(うなず)いた。

「部下は乗り気だぞ？」

「いや、しかし……」

　コルウィルの腰は重い。もう一手切るか。

「勇者を生け捕りにするチャンスだと思わないか？　帝国は勇者を欲しているのだろ？」

　コルウィルとチェケの顔色が変わる。

「俺達は帝国出身だが、ただの盗賊だ。帝国の顔色を窺(うかが)う必要なんてない」

「そうっすよ！　ウチらは気儘(きまま)な盗賊団っす！」

「違うな。リザーズは間違いなく帝国軍と繋(つな)がりがある。なんなら帝国軍そのものだ」

「ふん。何か証拠があるのか……？」

「ある」

ズボンのポケットから、あるものを取り出す。コルウィルの瞳が泳いだ。

「これは前にチェケからもらった携帯食料の包装紙だ。なかなか美味くてな。そのことをチェケに伝えるとこう言った。『帝国軍はその辺もしっかりしていますからね』と。誇らしげに。何故、気儘な盗賊団が帝国軍の携帯食料を常備しているんだろうな……？」

チェケが逃げ出そうとしたところ、コルウィルが首根っこを捕まえる。

「チェケ!!　あれは非常用だと何度も言っただろ！　勝手に持ち出しやがって！」

「申し訳ないっす！　でもあれ、本当に美味しくって！」

チェケは悪びれない。今が攻め時だな。

「リザーズに課せられた任務はなんだ？　俺達は敵ではない。教えてくれれば協力出来る」

コルウィルは深くため息をつく。そしてゆっくりと話し始めた。観念したように。

「元々の俺達の任務は簡単なモノだった。『王都周辺の治安を乱せ』と。そこに最近、ある厄介な任務が加わった。『勇者を確保せよ』と。バンドウの想像通りだよ」

「やりますね～。バンドウさん！」

コルウィルがチェケの頭を上から殴る。面白いように首が縮んだ。

「王都周辺の治安を乱し、同時に勇者を生け捕りにする機会を得る。そして、ガドル王家の評判を地に落とす。完璧な流れだと思わないか？」

「全てバンドウの筋書き通りってのが気に食わないな。しかし――」

コルウィルが拳を突き出す。

「ガドル王家の失墜は我々の本懐だ。最善を尽くそう」

右の拳をコルウィルの拳と合わせ、同盟が成立した。

「さて、忙しくなるぞ」

「考えはあるのだろうな？」

「任せろ。昔から、悪だくみには定評がある」

「今回の件で身に染みているよ」

コルウィルは苦笑いをする。

「なぁ。一つだけ聞いていいか？」

「なんだ？」

「バンドウの本当の称号を教えてくれ。平和主義者なんて嘘だろ？」

あぁ。確かに言っていなかったな。誰にも。

「俺の称号は――」

辺りが静まり返る。

「【侵略者】だ」

しばらく、誰も口を開かなかった。

《六》立候補

ガドル王国の王城には朝から慌ただしい空気が流れていた。

侍女達がバタバタと動き回り、応接の間の準備に忙しくしている。

立食用の丸テーブルが運び込まれ、花で飾り付けられる。

昼が近くなると料理が並び、いよいよ客を待つだけの状態になった。

普段は厳かな雰囲気の王城に、雑多な空気が混じる。

来客だ。ガヤガヤと雑談をしながら歩く集団が、正門をくぐる。

与えられた礼服で身を包むも、なんとも垢抜けない。

声が近づくにつれて、応接の間に立つ侍女達の顔が強張っていく。

仕方のないことだった。彼女達がこれから接待するのは勇者なのだから。

機嫌を損ねてしまったら、どんな目に遭うか分からない。

徐々に大きくなる声を、日の当たらない冷たい壁際でじっと聞いていた。

「おぉー凄い料理だぜ！　いつもの宿の夕食がコンビニ弁当に思える！」

応接の間に入るなり、声を張り上げる男がいた。

「ちょっと青木君！　宿の料理人さんに失礼でしょ！　草薙君も何か言ってよ！」

「三浦は本当にうるせえなぁ」

注意された青木は悪びれる様子もなく、テーブルについて料理を摘み始める。

「青木、勝手に食べるのはマナー違反じゃないか？」

草薙は壁際に立つ侍女達に会釈をし、「頂いても？」と尋ねた。

侍女達は声を忘れたようにコクリと頷く。

「食べていいってよ！」

青木が号令を下すと他の勇者達もテーブルに群がり、料理に手を付け始めた。

草薙は彼等から少し距離を置いて、様子を窺っている。

「草薙君。どうぞ」

三浦が小皿に取り分けた料理を草薙に渡す。しかし、食べようとしない。

「どうしたの？　何か心配事でもあるの？」

上目遣いで尋ねると、無理やり笑顔を作ってから草薙は話し始めた。

「なんで今日、呼び出されたと思う？」

「えっ？　それは勇者全員がレベル十を超えたお祝いだって言ってたじゃない？」

「三浦は本当にそう思うのか？　俺は別の理由があると思っている」

草薙の真剣な眼差しに、何故か三浦は頬を赤らめた。

「どうした？」

「えっ、何でもないよ！　うーん、別の理由ね～」

三浦は考えているようで、ただ草薙の顔を見つめているだけだ。

「そろそろ、魔人達と戦うんじゃねーか？」

料理に満足したのか、テーブルから離れた青木が草薙の隣に来た。

三浦が軽く睨み付けるが、青木はお構いなしだ。

「今の俺達で魔人と戦えるだろうか……？」

「怖気づいてんのか？　勇者だろ？　俺達なら十分戦えるはずさ。そんなことより……」

青木は壁際の侍女達に視線を向ける。

「王城で働いてる女の子、レベル高いと思わないか？　どの子も滅茶苦茶可愛いんだけど、これってお持ち帰りとか出来るのかな？」

草薙が答えに窮していると、三浦が眉を吊り上げて青木に食って掛かった。

「青木君！　最低ね！」

「うるせえなぁ。三浦は草薙とイチャイチャしてればいいだろ？」

「えっ！　私と草薙君は、別にそんな関係じゃないし……」

三浦が顔全体を真っ赤にしていると、応接の間に鎧姿の近衛騎士が現れた。

「間もなく、エミーリア様がいらっしゃいます」

近衛騎士の言葉に、だらけた空気が少しだけ引き締まる。硬い足音が響き、やがてエミーリアが護衛の近衛騎士と共に現れた。応接の間の中央まで歩くと、エミーリアは周囲を見渡す。そして、不自然に口角を上げてから話し始めた。

「もう既に食事を楽しんでいらっしゃるようですね！　本日は皆さんのお祝いです！　この世界に来てから本当によく頑張ってくれました！　一人も欠けることなく、全員がレベル十に達したのは長い王国の歴史の中でも初めての快挙。皆さんは、過去最高の勇者です!!」

エミーリアの演説に勇者達は熱に浮かされたような表情になる。

一人冷静に振る舞っていた草薙さえも瞳を爛々と輝かせ始めた。

「もう、王都の周りには皆さんの敵になるような魔物はいません。鍛錬の場を移す時が来たようです！」

言い終えると、エミーリアは草薙の方を向いた。合いの手を求めるように。

「次はどこで修行するんですか？」

「代々の勇者は王都の西の森で鍛錬を積んでから、魔人との闘いに臨みました」

「では、俺達も――」

「しかし！」

エミーリアがぴしゃりと草薙を制する。

「現在、西の森はある盗賊団の隠れ家となっています。オオトカゲに乗って商隊を襲う彼等(ら)はリザーズと呼ばれ、金品を奪う為(ため)なら手段を選びません。どんなに皆さんが強くても、森の中に罠を仕掛けられれば、負傷する恐れがあります……」

「なら、そのリザーズってのを先に潰してしまえばいいんじゃないか？」

青山がエミーリアと草薙の会話に割って入る。

「その通りです！　今回、私達はリザーズ討伐隊を結成することにしました！」

エミーリアは自然な笑顔だ。「面白くて仕方がない」という風に。

「討伐隊は王国兵を中心に組織されます。ただ、それだけでは力不足という声も……」

「いいぜ！　要は勇者の力を借りたいってことだろ？　俺はその討伐隊に参加する」

青木の言葉にエミーリアは瞳を潤ませる。

「本当ですか……!?」

「あぁ。ただ、ここにいる勇者全員に参加を求めるのはやめてくれ。やっとレベル十になった奴もいるしよ。それに、人間を相手に戦う覚悟が出来ているかも分からない」

青木は試すような視線を草薙に向けた。「お前は出来るのか？」と。

「エミーリア様。俺も参加します」

そう言って、草薙は青山を睨み付ける。

「わ、私も参加するわ！　二人だけだと、心配だもん」

三浦が挙手をして周囲に参加を促すが、誰も後には続かない。

「ミウラさん。本当に大丈夫なのですか？　無理はしない方が……」

「大丈夫です！　草薙君と私。あと青木君は討伐隊に参加します」

　エミーリアが冷たい視線を向けるが、三浦は意に介さない。

　草薙は勇者一人一人の表情を確認する。多くの勇者はその視線に顔を伏せた。

　しかし、ニヤニヤと好奇の眼差しを返す者もいる。

「猿田。どうした？　何かおかしいのか？」

「へっへっへ。別に～。精々頑張ってくれよ～。お前達が露払いしてくれたら、俺達は楽に狩りが出来るようになるから。なぁ？」

　猿田は同じ調子の仲間二人と笑い合う。

「彼等は……？」

　エミーリアが小声で草薙に尋ねる。

「猿田達は何というか、楽して物事を済ませようとする奴等で。レベルも低く……」

　草薙が恥ずかしそうに返すと、エミーリアは直ぐに興味をなくしたようだった。

　すっと背を伸ばし、力の籠った声を出す。

「クサナギさん、アオキさん、ミウラさん。討伐隊への参加表明、本当にありがとうございます。詳しいことは後ほど……。では、私はこれで失礼しますね。皆さん、楽しんでください」

　エミーリアは笑顔を保ったまま応接の間から出ていく。

張り詰めていた空気は解れ、賑わいが戻ってきた。それを背中で受けながら、エミーリアは更に顔を綻ばせた。

《七》壮行会

王都を南北に貫く大通りの、ちょうど真ん中にある円形の広場。真っ白な石畳は磨き上げられており、塵一つないように見える。いつもは雑多な人混みで賑わう広場だが、今日は様子が違う。円の半分を覆うように舞台が作られており、それをぐるりと囲むように兵士が立っていた。

「ねえ。今日何があるの？」

襤褸を纏った男児が警備の兵士に尋ねる。

「ん？　知らずにやって来たのか？　今日は壮行会だ」

「ソウコウカイ？」と男児は首を捻る。

説明が面倒になった兵士は手を振って、男児を追い払う。

その日、予定されていたのは壮行会だった。

王都周辺を騒がす盗賊団「リザーズ」の討伐隊を送り出す為の……。

「たかが盗賊。大袈裟だ」という声も勿論聞かれた。

しかし、今回の討伐隊には異世界から召喚された勇者が参加するという。

娯楽に飢えた国民は盛り上がり、勇者見たさに広場には今も人が増え続けている。

膨れ上がった熱気が最高潮に達しようという時、時計台の鐘がなった。

予定の時間だ。観衆が一斉に息をのむ。

広場の脇に停(と)められていた豪奢(ごうしゃ)な馬車の客室から、王女エミーリアと近衛騎士が現れた。

確固たる足取りで進み、舞台の中央に立つ。

彼女は拡声の魔道具を近衛騎士から受け取ると、大きく息を吸い込んだ。

「今！　王都周辺はある盗賊団により治安が乱されています！　その盗賊団の名はリザーズ。皆さんもその悪名を耳にしたことがあるでしょう。商隊を襲って金品と人命を奪い、遺体をトカゲに食べさせて笑う悪逆非道な集団です！　奪われた命は千を超えます。同じ人間でありながら、魔物よりも下劣。決して許すことは出来ません……!!」

怒声と悲鳴が上がる。

ただし、観衆から身内をリザーズに殺されたという声は聞かれなかった。

しかし、それは関係ない。ただ、観衆は悪役を求めていた。

「私達(たち)は遂(つい)に！　リザーズの拠点を突き止めました！　既に先遣隊を派遣し、奴等の動きを封じています。後は、叩(たた)き潰すのみ！」

エミーリアの力強い声に観衆から歓声が上がった。

「誰がリザーズを潰すのか!?　勿論、王国軍もリザーズ討伐隊に参加します。ただ、それだけではない。異世界から、心強い援軍が来てくれました！　魔王軍の前に、盗賊団を蹴散らしてもらいましょう！　勇者様達に……!!」

若い男女が三人、どこからともなく舞台に駆け上がる。

フリューテッドアーマーに身を包む彼等は黒髪黒目で、言い伝え通りの勇者だった。

観衆は期待通りの展開に歓喜し、広場には異様とも言える熱が渦巻く。

警備の兵士達は、舞台に上がろうとする観衆を抑えるのに必死だ。

熱狂の中、勇者達の中から男が歩み出て、エミーリアから拡声の魔道具を受け取った。

一瞬、静まり返る。

「我が名は草薙（くさなぎ）。この世界の危機を救う為、我々は召喚された。勇者とは、人々に勇気を与える存在に他ならない。盗賊団を討ち取り、王都周辺に秩序を取り戻してみせよう！」

広場は更に沸き上がる。拡声の魔道具が次の勇者に渡った。

「我が名は青木（あおき）。数多（あまた）の勇者の中から更に選抜された者だ。リザーズ全員の物言わぬ首を、この広場に持ち帰ることを約束しよう。石を投げる準備をしておけ！」

暴力的な言葉は観衆を興奮させる。泡を吹いて倒れる者まで現れた。

「我が名は三浦（みうら）。正義と慈愛の勇者だ。しかし、慈しみの心が盗賊団に注がれることはない。正義の鉄槌（てっつい）が振り下ろされるのみ！　義はガドル王国に！」

エミーリアは満足気に頷く。それを合図に楽隊が現れ、ラッパの音が響いた。

「出征!!」

近衛騎士が勇ましく声を張り上げる。

広場の脇に停めてあった馬車が動き始め、観衆の人垣を割る。

舞台の真ん中に停まると、勇者達が歓声を受けながら客室に乗り込んだ。

ラッパの音に観衆の声が混じり、またもや大気が震えた。

馬車を引く馬の蹄鉄の音と絡み合い、人々は更に興奮する。

「勇者様！　勇者様！」

黄色い声援に、馬車の窓が開く。勇者草薙が手を振ると、若い女からは嬌声が溢れた。

「ガドル王国に光を！　【ホーリーライト】!!」

草薙が光魔法を使うと広場の上空に聖なる光球が現れ、星屑のように観衆に降り注ぐ。

その様子は幻想的で、見る者全ての心を奪った。

勇者さえいれば大丈夫。広場にいる誰もがそう信じて疑うことはなかった……。

《八》討伐隊

王都から出発したリザーズ討伐隊は一日で西の森に至り、その入り口で野営をしていた。

　野営地の中央にある天幕では討伐隊の隊長である近衛騎士ヴィニシウスがどっかりと椅子に座り、先遣隊の戻りを待っている。

「ヴィニシウスのおっさん！　いつまで待っているんだよ？　怖気づいたのか？」

　青木が挑発するように声を掛けた。

「馬鹿なことを言うな」

「リザーズはたかだか五十名だろ？　討伐隊はガドル王国の精鋭百名。それに俺達、勇者もいる。目を瞑って戦っても負けないだろ？」

　青木の発言を隣で聞いていた草薙が眉をひそめる。ヴィニシウスはその様子に気付き、軽く右手を上げて合図を送った。「ここは任せろ」というように。

「アオキ。確かにお前達はとんでもない速度で成長している。この森にいる魔物にも後れを取らないだろう。しかし、盗賊は人間だ。何をしてくるか分からない。一瞬の気の緩みで命を落とすこともあり得る。だからあらゆる事態に備えなければならない。それには情報が必須。先遣隊の話を聞いてから、作戦を調整する必要がある」

「ちっ、分かったよ」

　青木はバツが悪そうに顔を背けた。

「先遣隊っていつから森に潜入しているんですか？」

　雰囲気を変えようと、三浦が明るい声でヴィニシウスに尋ねる。

「もう十日以上、リザーズを見張っている。彼等は斥候の専門部隊だ。有益な情報を集めてくれる」

「へぇ。なんか特殊部隊って感じでかっこいいですね」

「ねっ！　プロって感じ！」

草薙の言葉に三浦が意味もなく便乗した。

のっぺりとした時間が流れ、ヴィニシウスまでもが暇を持て余すようになった頃、野営地の雰囲気が変わった。慌ただしい足音が天幕に近づいてくる。

「隊長！　先遣隊が戻ってきました！」

天幕に駆け込んで来たのは近衛騎士。

「来たか」

ヴィニシウスがフッと顔を上げる。

「やっとかよー！　本当に待ちくたびれたぜ」

青木の軽口と同時に天幕の入り口の布が捲られ、軽装の兵士が現れた。

「先遣隊のフェランだ。待たせて悪かったな」

鋭い視線を青木に向けた後、フェランはヴィニシウスの正面の椅子についた。

「ご苦労だったな。さっそく軍議を始めても？」

「勿論だ」

如何にも歴戦といった雰囲気のある二人がお互いを探るように会話を始める。

「最初にリザーズの規模を再確認したい。五十名程度で間違いないか？」

「確認出来ているのは四十七。運び込まれる物資の量を考えると大きな差異はないはずだ」

ヴィニシウスは顎に手を当てて考えを巡らせる。

「奴等の拠点の入り口は一か所のみと聞いているが、間違いないか？」

「それは間違いない」

「見張りについてはどうなっている？」

「昼間は入り口に歩哨が二人。他、三人ほどが周囲に潜んで監視を行っている」

「夜はどうだ？」

フェランがニヤリと笑う。

「深夜から明け方が手薄だ。歩哨が一人のみ。奴等、最近は冒険者も来ないからって気が抜けてやがる」

「冒険者ギルドの依頼を取り下げさせたのが功を奏したようだな」

「あの老いぼれ宰相も偶にはまともな策を出すようだ」

二人は軽く笑った後、スッと真顔に戻った。

「となると予定通り、深夜、奴等が寝静まった頃に攻めるのがよさそうだな」

「あぁ。それで問題ない」

「で、どうやってリザーズの拠点を襲撃するんだ？　坑道に入って敵を斬ればいいのか？」

それまで黙って聞いていた青木が会話に交ざろうとする。

フェランは呆れた顔をするが、ヴィニシウスは表情を変えない。

「そんな危険は冒さない。我々が受けた任務は『リザーズ全員の首を持ち帰る』ことだ。奪われた財宝の奪還もあるにはあるが、最優先ではない。奴等の息の根を止めるには……」

ヴィニシウスは青木に答えを促す。

「魔法による飽和攻撃ですか？　今回の討伐隊には攻撃魔法を使える人員が多いし……」

割り込むように答えた草薙にヴィニシウスは笑顔を向ける。

「その通りだ。魔法でリザーズ全員を黙らせた後、廃坑に入る。気楽な首狩りだ」

「つまんねえなぁ。盗賊達と斬り合いが出来ると思っていたのに」

「青木君！　そーいうこと言わないの！　遊びじゃないんだからね？　ヴィニシウスさんは皆の安全を思って作戦を立ててくれているのよ？」

三浦が青木の態度を責める。

「チッ。また学級委員気取りか」

青木がつまらなそうに吐き捨てると、見かねた草薙が窘める。

「青木……。確かにお前は人一倍頑張ってレベルも高い。でも、この世界はゲームじゃないんだ。怪我ぐらいなら治癒魔法でなんとかなるが、命を落としたらそれまでだ。俺は仲間を失いたくない」

「分かっているよ……」

草薙の真剣な言葉が通じたらしい。青木から浮ついた気配がなくなった。

「三人とも王国にとっては大事な勇者だ。盗賊退治ぐらいで怪我などさせてみろ。エミーリア様になんと言われるか想像しただけで、鳥肌が立つよ」

ヴィニシウスが冗談を言って「もう軍議は終わりだ」と仄めかす。それを感じたフェランはスッと立ち上がった。

「出発は？」

「明日の早朝だ。一日かけてリザーズの拠点に達し、深夜に開戦。単純だろ？」

「あぁ。分かりやすい」

そう言ってフェランは天幕から出て行った。

「草薙達も休むといい。明日は早いぞ」

「そうします」

草薙が立ち上がると三浦もそれに続き、最後に青木も重い腰を上げた。

「では明日」

ヴィニシウスの言葉に頷き、三人は天幕を後にした。

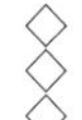

暗い森の中、廃坑の入り口だけが煌々と灯りに照らされている。

疲労か、ただの油断か。歩哨が壁に凭れ掛かり、うつらうつらと頭を揺らしていた。

気まぐれな夜風が歩哨の身体を撫で、震え上がらせる。

「ひっ……!?」

歩哨は目を覚まし、辺りを見回す。何もないと分かると腹を押さえた。空腹なのか。

緩み切った歩哨は何かを求めて廃坑の中に行ってしまった。

その様子を見ていた討伐隊の斥候、フェランは茂みの中から立ち上がると本隊に向かって走り始める。絶好機だと悟ったのだろう。暗闇をものともせずに疾走し、僅かな時間で本隊に合流した。

木々の間から差し込む月明かりが、ぼんやりと辺りを照らす。

フェランは無言で首を振り、身を伏していたヴィニシウスを見つけてスッと近寄った。

「見張りが持ち場を離れた。行くなら今だ」

ヴィニシウスは目を瞑って思案し、決断を下す。

ゆっくりと立ち上がり、振り返る。討伐隊の全員が注目した。

「全軍前進。標的はリザーズの拠点」

隊員は素早く反応し、一瞬の内に茂みから一団が現れた。そして歩き始める。

討伐隊の先頭はフェラン。その後ろにヴィニシウス、三人の勇者が続く。

フェランは徐々に速度を上げ、やがて風を切って走る。少しして振り返った。

ヴィニシウスは勿論、勇者や隊員にも遅れる者はいない。

「流石だな」

「当然だろ。近衛騎士団と宮廷魔法師団、そして王国軍の精鋭達だ」

ヴィニシウスはフェランに並び、息も切らさず誇らしげに語る。

「いや。勇者達のことだ。異世界のガキかと思ったが、ここにきて、いい顔をしている」

「俺がみっちり指導したからな」

「へっ」

二人は軽口を叩きながらも、油断はない。視界にはリザーズの拠点を捉えていた。

「このまま入り口まで行く！　魔法師団は前に」

ローブを纏った集団が先頭に出てきた。勇者三人もそれに交じる。

リザーズの拠点には相変わらず人影がない。ヴィニシウスは口角を上げた。

岩場にポッカリとあいた廃坑の入り口が討伐隊を迎える。あと二十歩の距離でフェランとヴィニシウスは止まり、その前に勇者三人とローブ姿の男達が並んだ。

「構え」

ヴィニシウスの合図に一団は手を突き出し、魔力を込めた。

「撃て!!」

カッ！　と暗い森に光が溢(あふ)れた。様々な魔法が放たれ、廃坑の入り口に飛び込む。

着弾の音が何度も響いた。森が揺れ、鳥は飛び立ち、小動物がその身を隠した。

穴からは煙と共に異臭が吐き出される。

「よしっ！　盗賊どもの丸焼きが出来たな！」

覚えたての火魔法を放った青木(あおき)が興奮した様子で声を弾ませる。

「ヴィニシウスのおっさん、どうする？」

青木が急(せ)かすと、ヴィニシウスは大きく息を吸った。

「廃坑に入る！　盗賊を討伐し、財宝を取り戻す!!　進軍!!」

毅然(きぜん)と言い放ち、討伐隊は廃坑の入り口へと向かった。

「止(や)め！」
ヴィニシウスの合図で魔法の掃射が止まった。廃坑の中に入って、これで三度目の一斉

攻撃だった。煙が晴れて現れるのは真っ暗な坑道。灯りはなく、先は見えない。

「草薙。光魔法で中を照らせるか？」

ヴィニシウスが申し訳なさそうに頼んだ。

「任せてください」

草薙は「【ライト】」と軽く呟いた。十ほどの光球が中空に浮かび、坑道の先を照らす。

「行きましょう」

宮廷魔法師達が前方に物理障壁を張りながら、慎重に廃坑探索は再開した。

前衛は皆、小回りの利く短剣を持ち光球が照らす薄暗い穴を慎重に進んでいく。

「しっかし、狭いなぁ」

青木がうんざりしたように呟き、草薙が同意する。

「これだけ狭いと俺の剣の腕も披露出来ないぜ」

「無駄口叩かないの」

後方から声がした。三浦だ。

「ちっ」と舌打ち。青木は不満そうに足を進めた。

「ヴィニシウスさん。おかしくないですか？」

「あぁ」

討伐隊の先頭。幾つもの光球を操りながら、草薙は訝しげに尋ねた。

「盗賊の死体がどこにもない。あるのは、壁に吊るされた魔物の死体だけ。それにこの廃坑、ずっと一本道ですよね。過去の地図ではそろそろ枝分かれしているはずです。それに
――」

「妙に新しい。この廃坑自体が」

「……です」

ヴィニシウスは顎をさすり、考え込む。先遣隊の話では、確かに盗賊団は廃坑の中に居るはず。別の出口はない。しかし、それにしては静か過ぎる。まさか、襲撃に気が付かずに奥で眠りこけているのか？

――ボンッ！　と何かが爆ぜるような音が坑道の遥か先からした。周囲に緊張が走る。

「なんだ……!?」

草薙が光球を飛ばして先を照らす。何も見えないが坑道自体が震えている。

「フェラン、いけるか？　確認を頼みたい」

「任せろ」

斥候役のフェランが光球を追って坑道の奥へと駆けてゆく。

振動は徐々に大きくなる。討伐隊全員が息を潜めてフェランの帰りを待つ。

暗闇に慌ただしい足音が響いた。

草薙が光球を一つ飛ばす。光に照らされて浮かび上がったのは、狼狽したフェランの顔。

「水だ！　水が来る！　溺死するぞ！　撤退だ……!!」

撤退！　撤退！　撤退！　坑道に何度も響いた。

《九》討伐隊狩り

「光弾が上がったっす」

大木からスルスルと下りてきたチェケが言う。今頃、元々の廃坑の入り口を塞ぎ、その横に俺が造った偽の廃坑には水が流れ込み、討伐隊の連中は大慌てだろう。間もなく、入り口から飛び出してくるはずだ。

「コルウィル！　急げ！」

「おう！」

大木の根元の穴からリザーズの団員が次々と出て来る。

勿論、穴は俺があけた。ついさっきまで、この穴は偽の廃坑に繋がっていた。

討伐隊は、もぬけの殻の坑道を進んでいたことになる。

「間もなく討伐隊が偽の廃坑から出てくる！　買い込んだ麻痺矢をお見舞いしろ！」

コルウィルが指示すると、盗賊達は訓練された兵士の顔になって整然と並び駆けていく。

そして、偽の廃坑の入り口を見張っていた討伐隊の兵士に矢を射かけた。

矢羽が風を切る音がいくつも鳴り、見張りの兵は無言で倒れる。

リザーズはさらに接近し、暗闇の中で陣を組んだ。じっと待ち構える。

少し間を開けて、偽の廃坑の入り口から兵士達が飛び出してきた。

溺死の危機から逃れ、安堵しているように見える。しかし――。

ヒュン！　と一度に十を超える矢が殺到する。

鏃が特殊で殺傷能力は殆どないが、即効性のある麻痺矢の効果は絶大だ。

押し寄せる水に追われ、武器を投げ出して走った先に待っているのは、矢の雨。

身体を痙攣させ兵士達は地面に倒れる。既に三十人以上が麻痺矢の餌食になっていた。

「物理障壁を張れ！　早く!!」

偽の廃坑から出てきた騎士風の男が走りながら叫ぶ。隊長だろう。

それに呼応して討伐隊の前に透明な壁が出来た。壁に守られながら偽の廃坑から離れる。

「火矢を！」

コルウィルの声でリザーズの団員が一斉に火矢をつがえ、放つ。

暗闇の中、隊列を組んで逃げる討伐隊が炎に照らされて浮かび上がった。

「鮫島、出番だ！　暴れてこい!!」

「オッシャー!!」

得物を長剣からメイスに持ち替えた鮫島が瞳をぎらつかせ、走り始める。

討伐隊に近づくにつれてその身体は徐々に赤く光り始めた。固有スキル【狂化】だ。

「鮫島が障壁を破る。コルウィルはそのタイミングで隊長を狙ってくれ」

「あぁ」

コルウィルは強弓を構え、透明な壁が破壊されるのを待った。

——ガキン！　と金属同士がぶつかったような音。

鮫島が全身を真っ赤にしながらメイスを払う。透明な壁は砕け散る。鮫島は止まらない。

メイスを横なぎにすると、短剣を構える兵士の身体が面白いほど簡単に宙を舞った。

「勇者を逃がせ！」

隊長が大声で叫んだ。事前の情報では草薙と青木、三浦が討伐隊に参加しているはずだ。

三人を捕らえてこっそり帝国側に差し出せば、コルウィルは任務完了というわけだ。

「コルウィル！　今だ！」

「ふんっ」

その瞬間、ギュン！　という矢羽の音が響いた。強弓から矢が放たれたのだ。

「手応えは？」

「あった。討伐隊は瓦解するはずだ。勇者を追うぞ！」

コルウィルが声を張ると、盗賊達が火矢と麻痺矢を射掛けながら討伐隊を追い立てる。

先ほどまでの組織だった動きが急にぎこちなくなった。

暴れる鮫島に恐れをなし、蜘蛛の子を散らすように逃げていく。

「誘導しろ!!」

俺の声に盗賊達は頷く。討伐隊が逃げた先にあるのは勿論、落とし穴だ。

空が白み始め、薄い霧が森を覆っていた。

暗闇で隠されていた討伐隊の被害、もしくはリザーズの成果が明らかになってくる。

ある者は麻痺して地面を這い、ある者は落とし穴から恨めしそうに空を見上げていた。

「武器を捨てて降伏するか、このまま穴に埋められるかだ。選べ」

そう言うと、もうすっかり戦意をなくしていた討伐隊は武器を捨てる。

「【穴】解除」

落とし穴は塞がり、両手を上げた兵士が現れる。そこをリザーズの団員がすかさずロープで縛り、口を布で塞いだ。スキルだろうと魔法だろうと、基本的にこの世界では口に出さないと発動しないらしい。身体を縛り、口を塞げばとりあえず捕縛は完了だ。

「殺すなよ。こいつらにはまだ役目がある」

「へへっ。分かっていますよ～。しっかり生け捕りにしやす！」

チェケが張り切り、地面に転がる討伐隊の捕縛を始めた。

「コルウィル、そいつは？」

「たぶん隊長だ」

見るからに高価な鎧を纏った男をコルウィルが縛り上げ、尋問を始めていた。

男は俺の顔を見て目を見開く。

「お前は……バンドウ……!? リザーズに加わっていたのか……？」

「まぁ、そんなもんだ。しかし、何故俺のことを知っている？」

男が黙ると、コルウィルが小突いて答えを促す。

「俺はお前達が召喚された時、あの部屋でエミーリア様の警護を担当していた。お前が追放されるところも見ていた……」

今度はコルウィルが目を見開く。

「バンドウ、お前……。追放されていたのか？」

「そう仕向けた。王家に飼われるなんて御免だからな。こいつらみたいに」

男は俺を睨みつける。

「勇者達はどこだ？　草薙と三浦。そして青木がいたはずだが」

「逃がしたに決まっているだろ？　お前のようなハズレと違って、勇者は大切だからな」

コルウィルを見ると「まだ勇者は見つかっていない」と頭を振る。

「優秀な斥候が三人の勇者の面倒を見ている。盗賊風情には見付けられっこない！」

男は縄に縛られたまま強がる。

「おいおい。盗賊風情に生け捕りされておいて、何を言っている？　強がりはいいから、勇者との合流地点を教えろ」

「誰が教えるものか。さっさと俺達を殺せ……‼」

男は覚悟を決めた表情をした。それほど、勇者は大切らしい。

「残念だがお前達は殺さない。まだ、やってもらうことがあるからな。勇者達がいなくとも、王家に恥をかかせるには十分だ」

「貴様、何を企んでいる……⁉」

暴れる男をコルウィルが地面に押さえ付けた。

「さて。なんだろうなぁ」

もう尋問は終わりだと感じたのか、コルウィルは男の口に布を噛ませて言葉を封じた。

「よし。次の段階に移ろう」

「分かった」

コルウィルはリザーズ団員を集めて指示を下す。

「討伐隊の鎧やローブを脱がせろ！」

「了解っす！」

チェケが真っ先に返事をし、地面に転がる男の豪奢な鎧を脱がせ始めた。

男はもごもごと唸りながら、憎しみを込めた視線を俺に向けている。

「ふん。惨めなものだな。しかし、本番はこれからだぞ？」

「うぅ……!?」

リザーズの団員は素早く仕事をこなす。

一時間が経った頃には、情けない下着姿になった百名弱の集団が出来上がった。

「よし！　野郎ども！　オオトカゲに捕虜を乗せて森の入り口まで運べ！　俺とバンドウ達は先に行って討伐隊の馬や馬車を奪う!!」

俺達は仕上げに向けて行動を始めた。

《十》凱旋

「エミーリア様！」

第一王女エミーリアの執務室は人の出入りが激しい。まだ早朝にもかかわらず、既に十を超える者が訪れていた。その度に護衛の近衛騎士が部屋の外からエミーリアに声を掛ける。エミーリアは執務机に肘をつき、書類に目を落としながら「またか」とため息をついた。

「何かしら？」

顔を上げ、扉に向かって声を掛ける。

「討伐隊に参加していた騎士の一人が戻ってまいりました！」

物憂げなエミーリアの表情がパっと明るくなる。

「通しなさい」

入って来たのは鎧姿の男だった。確かに討伐隊に参加した近衛騎士の一人だ。

男は護衛の騎士の隣で緊張した表情を浮かべている。

「どうしたの？　報告があるのでは？」

男は額に脂汗を浮かべ、なかなか口を開かない。エミーリアは訝しむ。

護衛の騎士が心配して男の顔を覗き込むと、意を決したように話し始めた。

「……報告いたします！　討伐隊はリザーズ拠点の襲撃に成功！　その多くを生け捕りにしました！　現在は西の森から王都へ向けて帰還中です！」

「あら、生け捕りにしたの？　てっきり皆殺しにすると思っていたのに……。ヴィニシウスの指示かしら？」

「はっ！　リザーズの拠点には財宝が残されておらず……。情報を得る為に生け捕りにいたしました……」

エミーリアはニヤリと笑う。

「ふふふ。それでそんなに緊張していたのね。財宝なんて、また民や貴族から搾り取ればいいのよ」

男は汗を拭い、ほっとした表情を見せる。

「それで、討伐隊が捕虜を連れて王都に戻って来るのはいつ頃になりそうなの?」

「明日の昼頃には王都に到着するかと!」

「分かったわ。ありがとう。もういいわ」

男は大きく息を吐く。そして護衛の騎士に促されて執務室から出て行った。

エミーリアは護衛の騎士に向けて、声を掛ける。

「人を遣って宰相を呼んで」

「はっ! 承知しました」


しばらくして宰相がエミーリアの執務室に現れた。まだ眠そうな顔をしている。

「おはようございます。エミーリア様。昨晩ぶりですな」

「おはよう。随分と瞼が重そうね。でも、一気に目が覚める知らせがあったわよ?」

宰相はエミーリアが座る執務机に近寄り、「何がありました?」と興味を示す。

「討伐隊が戻って来る。盗賊の多くを生け捕りにしたそうよ。明日の昼には王都に着くわ」

宰相は弛んだ頬を揺らして笑う。

「それは結構ですな！　凱旋パレードを行い、そのまま広場で公開処刑を行いましょう！　これで、王家に対する民の不満を一気に解消出来ますな！」

「賛成よ。リザーズを生け捕りにしたヴィニシウスと勇者達に感謝をしないとね」

「それでは早速、準備に取り掛かります」

「民の中に偽客を仕込むのを忘れないでね？」

「勿論ですとも！」

宰相はその身を弾ませながら執務室から出て行った。

エミーリアは一人、処刑を想像し恍惚とした表情を浮かべていた。

「もうすぐリザーズ討伐隊が王都に帰還します。彼等は盗賊を生け捕りにしたそうです!!」

王都を南北に貫く大通りの、ちょうど真ん中にある円形の広場。

円の半分を覆うような舞台の上には、王女エミーリアと護衛の近衛騎士が立っていた。

ただ、それだけではない。真っ黒に染まった木製の台が五つ。

後ろには覆面を被り、巨大な斧を持つ男達。死刑執行人が五人、無言で立っていた。

観衆は異様な雰囲気に早くも興奮し、広場は熱を持ち始めている。

エミーリアはそれを感じ取り、更に煽る。

「王都周辺を荒らしたリザーズの首は今日、この広場で断ち落とされます！　平穏が、取り戻されるのです！　これは王国軍、宮廷魔法師団、近衛騎士団の精鋭達。そして何より、勇者様達の活躍によるものです！」

観衆から割れんばかりの歓声が上がる。むせ返るような熱気が渦巻き始めた。

「これは伝説の始まりに過ぎません。勇者様達は凄まじい速度で成長しています。今後、魔王軍との戦いが本格化してくるでしょう。しかし、勇者様達が負けることはありません。私が保証します。神からの祝福を受け、ガドル王国は勇者様達とともに発展するのです!!」

第一王女の言葉に熱狂する観衆。その様子を宰相は誇らしげな表情で見ていた。

「さぁ！　勇者様達が帰還されました！　歓声で迎えましょう!!」

拍手と声援。騎馬に乗った騎士が現れると、観衆が割れ、道が出来た。

華美な礼服に身を包み、ヘルムを被った三人が悠然と馬車を先導する。

先頭の一人がヘルムのバイザーを上げると、光を吸い込むような黒い瞳が現れた。

後ろの二人もそれに倣う。同じように黒目が覗いた。

「勇者様だ！」

観衆の一人が叫ぶと、それは連続する。あちこちで勇者を称える声が上がった。

「盗賊達がいるぞ！」

馬車の後ろには縄に繋がれたみすぼらしい恰好の集団が続く。顔は泥で汚れて男か女かの見分けも付かず、布を押し込まれた口からはうめき声が漏れるのみ。

「リザーズに石を投げろ！　恨みを晴らせ！」

よく通る声とともに、石が投げられた。観衆は我先にと地面から石を拾い、襤褸を纏う者達にぶつける。広場に石がなくなると、靴を脱いで投げ付ける者まで現れた。

パレードの先頭はいよいよ広場の中央、舞台の前に辿り着いた。

先頭の男は騎馬の上でヘルムを脱ぎ捨て、エミーリアを睨み付ける。

一瞬、音がなくなった。

「……バンドウ」

観衆には届かない、小さな声がエミーリアから漏れる。

「……どうなっているの」

舞台の上では誰も動けなかった。民は討伐隊の勝利を確信している。しかし、討伐隊を率いているのはあの男。異世界から召喚したその日に王都から姿を消した男。

不味い。なんとかしなくては。しかし、どうする!?

エミーリアに考えはない。ただ、討伐隊だと信じた集団を眺めていた。

黒髪黒目の男が口を開く。観衆が注目した。

「我々は勝利した!!」

力強い声が観衆を惹きつける。

「敵対する全てを退け、ここに連れて来た!!」

我に返ったエミーリアが合図を出す。護衛の近衛騎士が腰から剣を抜き構えた。

警備の兵士達が舞台を囲み、エミーリアを背にしてパレードと相対する。

観衆の間に困惑が広がる。なぜ近衛騎士は剣を抜き、エミーリアを庇う様に立つのかと。

熱狂が瞬く間に混乱へと変わり、どよめきが次第に大きくなる。

「――鎮まれ!!」

黒色が全てを塗りつぶすように、俄かに静寂が広がった。

観衆は馬上の男――バンドウに釘付けとなる。

「お前達が期待したのは討伐隊の勝利だろう！　しかし、それは叶わなかった！　王国は無様に敗北したのだ！　我々、リザーズに!!　勇者を擁していたにもかかわらず。疑うがいい。ガドル王国王家を。そして、アルマ神の祝福を!!　お前達が石を投げ付けた相手は、王国軍、宮廷魔法師団、近衛騎士団の精鋭達だ！」

誰もが「そんな馬鹿な」と呟いた。自分達の行いに茫然自失となる。

エミーリアだけが唯一、気を吐いた。

「その者を捕らえなさい！」

「出てこい！」

　バンドウが合図を出すと、馬車の中から皮鎧の男達が飛び出した。ずらりと並んで短弓をエミーリアに向けて構える。警備の兵士達は動けない。

「最後に一つ。我々リザーズは王城の宝物庫から膨大な量の金品を頂いた。正直に言うと、少々やり過ぎたと思っている。そこで――」

　バンドウは腰の袋からある球体を取り出した。中は輝く液体で満たされている。

「――お返しを持ってきた。受け取れ、エミーリア」

　バンドウがエミーリアに向けて球体を投げる。それは大きな弧を描き舞台の中央へと。

　ビュン！　と矢羽根が風を切る音が鳴り、中空の球体を矢が射貫く。

　中の液体がエミーリアの頭上へと降り注いだ。

「うっ……!?」

　護衛の近衛騎士が鼻を押さえてエミーリアから離れた。

　目に見えるほどの臭気が舞台全体に広がり、警護の兵士達も鼻を押さえてえずく。涙を流し、地面を転げ回る者まででいる。観衆はその様子に恐怖し、我先にと逃げ始めた。

「それはスカンクラットの腺液を薄めたものだ。貴重な素材だからな。感謝しろよ？」

　バンドウはそう言って騎馬から下り、地面に手を付ける。小さく「【穴】」と呟いた。

リザーズの面々は慣れた様子で広場にぽっかりあいた穴に飛び降りていく。

最後、バンドウが飛び降りてしばらくすると、その穴は何事もなかったように塞がった。

何が起きたのか理解出来た者は一人もいない。

「……エミーリア様、どうしますか？」

やっと落ち着いた近衛騎士が話し掛けるが、返事はない。

鼻をグッと押さえながら恐る恐る近寄って、まじまじとエミーリアの顔を見た。

「……？　まずい！　医者を呼べ……!!」

エミーリアはあまりの臭気に、立ったまま気を失ってしまっていた。

《十一》第六十回　冒険者会議　議事録

冒険者：討伐隊の敗因について詳しい者はいるか？
冒険者：全てにおいて、リザーズの方が上だったということだろう。
冒険者：というと？
冒険者：情報収集力、戦術、兵士の練度などだ。
冒険者：リザーズは討伐隊を欺く為(ため)に偽物の廃坑を造ったらしい。
冒険者：そんな大掛かりな罠(わな)を仕掛けていたのか……。

冒険者：討伐隊が来る何日も前から偽の廃坑で生活していたとか。
冒険者：斥候を欺く為にだな……。
冒険者：全てはリザーズの掌の上の出来事だったと。
冒険者：頭領のコルウィルが相当の切れ者らしい。
冒険者：パレードでの出来事もコルウィルが？
冒険者：あぁ。間違いない。近衛騎士を脅して偽の情報をエミーリア様に流したようだ。
冒険者：隊長のヴィニシウスをやったのもコルウィルという噂だ。
冒険者：国民の間で王家の評判が凋落している。貴族も王家を馬鹿にしているらしい。
冒険者：あれだけの失敗をしたのだ。仕方がないだろう。
冒険者：エミーリア様にいたっては臭々王女と呼ばれ笑い者にされている。
冒険者：臭々王女については議事録から削除するように。
冒険者：了解した。
冒険者：王家はリザーズを許さないだろうな。
冒険者：外部の刺客を手配するのでは？　と噂されている。
冒険者：依頼を受けて達成出来そうな冒険者はいるか？
冒険者：最近S冒険者が二人、王都に来たらしい。
冒険者：雷神と屍術姫かぁ……。

冒険者：雷神はともかく、屍術姫は何を考えているか分からないからなぁ。
冒険者：リザーズと召喚者の関係について確認したい。
冒険者：現在、リザーズと合流している異世界からの召喚者は三名。一人はバンドウ。
冒険者：召喚者？　勇者ではないということか？
冒険者：そうだ。召喚された者、全てが勇者の称号を持っているわけではないらしい。
冒険者：勇者以外の召喚者は「ハズレ」と呼ばれている。
冒険者：そのハズレのバンドウだが、空間魔法を操るという噂がある。
冒険者：ハズレなのに、空間魔法？　むしろ「当たり」では？
冒険者：いや。その情報は間違っている。バンドウは【アナ】というスキルを操る。
冒険者：【アナ】とは？
冒険者：【アナ】だが？
冒険者：大広場で演説した後、バンドウは地面に穴をあけたらしい。だから【穴】だ。
冒険者：王城の宝物庫の襲撃も、その【穴】ってスキルが絡んでいそうだな……。
冒険者：そのようなスキルは聞いたことがない。バンドウの称号は？
冒険者：調査中だ。
冒険者：残りの二人のハズレの情報はあるのか？
冒険者：二人は大した称号ではないらしい。早々に王家が切り捨てたとか。

冒険者：そう言えば、行方不明になっていた三人の勇者は見つかったのか？
冒険者：つい昨日、王都に戻って来たそうだ。
冒険者：無事だったのか？
冒険者：一応な。ただ、ひどく自信をなくしている。
冒険者：勇者がハズレにしてやられたのだ。仕方がないことだ。
冒険者：リザーズと帝国の関係について確認したい。
冒険者：詳細は不明。ただ、帝国と繋がっている可能性は高い。
冒険者：リザーズ討伐隊の話によると、盗賊団の持つ装備ではなかったとか。
冒険者：となると、ハズレ召喚者と帝国が繋がったことになるのか？
冒険者：勇者召喚魔法を独占していた王国にとって痛手では？
冒険者：バンドウの手引きで勇者が帝国に流れることになると王国にとっては大損害だ。
冒険者：アルマ神国とガドル王国の間にザルツ帝国が割り込む可能性があるのか……。
冒険者：王国は勇者を召喚したが、神国は聖女の選定は済んだのか？
冒険者：未だ、神託はないらしい。
冒険者：勇者が帝国と王国に分かれる可能性があり、その上で聖女は定まらず……。
冒険者：此度の魔王討伐、大丈夫なのか？
冒険者：祈るしかない……。

第三章 遺恨

episode 03

《一》白い夢

白く柔らかな光で満たされた空間にいた。ここに来るのは、二回目な気がする。

「おい、久しぶりじゃの」

さっそく話し掛けられた。

「覚えておるか？」

人の夢に介入する不審者だろ？

「なっ……!?　相変わらず失礼な奴じゃな！」

で、何の用だ？　俺は忙しいんだ。

「寝ているだけじゃろうが！　全く……。まぁいい。お前を通して、そちらの世界の様子を見ておった。エミーリアとの攻防、実に愉快痛快であったぞ！　あの誘拐犯がやられて、胸がすく思いじゃった！」

満足してもらえたようで何よりだ。

「これからはどうする？　エミーリアは実行犯じゃが、この傍迷惑な仕組みを作り上げたのは別におるはずじゃ。そいつを討つのじゃろ？」

最終的にはそうなる。しかし、この世界にはまだ謎が多い。その中でも一番気になっているのは勇者と聖女の関係だ。勇者とセットのはずなのに、聖女はいっこうに現れない。

「儂もそこは気になっておる」

それに魔王の目的も分からない。そもそも魔人達は別の大陸に住んでいるのに、何故魔王はこの人大陸に攻めてくる？　土地が豊かだから、それを奪いに？　本当か？

「よい着眼点じゃ」

当面は王国と神国の嫌がること、困ることをやっていく。そこに真実があるはずだ。

「帝国は？」

帝国は先の二国と違い、アルマ神の加護の下にないらしい。帝国に与することで、王国と神国へのけん制になるだろう。

「揺さぶりを掛けるというわけか。面白い」

しかし、今は駒が足りない。田川、鮫島だけでは、局面を打開するような力がない。

「新たな戦力で補強しつつ、王国と神国に嫌がらせをして、真の敵を炙り出す。か」

そんなところだ。手っ取り早く、俺に新しい力をくれてもいいぞ？

「そっちは遠いから、力を授けるのは大変なんじゃ！」

覗き見をして楽しんでいるんだろ？　ちゃんと料金を払え。

「くっ……。前向きに検討する……」

声は逃げるように小さくなり、やがて何も聞こえなくなった。

《二》コルウィルの報告書

◇ガドル王家宝物庫の襲撃について

「リザーズが王家の宝物庫を襲った」という情報は帝国内にも広まっていることだろう。

しかし、襲撃を計画、実行したのは私ではない。この事件を説明するには先ず、ある男の紹介をする必要がある。男の名前は「バンドウ　チャタロウ」。変わった名にピンと来た方もいるのではなかろうか？　そう。バンドウは異世界から召喚された者だ。しかし、バンドウは勇者ではない。

我々の常識では、ガドル王国が異世界から召喚した者は【勇者】の称号を持つ。黒髪黒目は即ち、勇者の証だった。けれども、少なくとも今回の勇者召喚はその通りではなかった。勇者の称号を持たないハズレが含まれていたようだ。

バンドウは召喚された直後に、王家に反発。直ぐに王都を出奔して、リザーズが拠点とする西の森にやって来た。そして、スキルを利用して強固な要塞を築いてしまった。ここまでに要した時間は丸二日。

そして、バンドウは自分と同じハズレ召喚者二人を仲間に引き入れ、ガドル王国の宝物庫を襲撃した。その際、壁に『リザーズ参上!!』と落書きをした。そう、バンドウ達がリザーズの名前を騙って犯行に及んだのだ。宝物庫襲撃については我々、特務部隊は無実である。ただ、巻き込まれただけだと、強く主張しておく。

◇リザーズ討伐隊と凱旋パレードについて

バンドウがリザーズを騙って宝物庫を襲撃したことにより、ガドル王家は重い腰を上げた。周知の通り討伐隊が結成されたのだ。バンドウ一味を仲間に加えたリザーズは王国の精鋭達、そして民への人気取りの為に討伐隊に組み込まれた勇者と対峙することとなった。

結果は既に帝国にも届いている通りだ。リザーズ側にはほぼ被害を出すことなく、討伐隊を退けることに成功している。これにはバンドウのスキルが深く関係しているのだが、後述する。凱旋パレードは、全てバンドウが企画立案した。あのような悪辣極まりない発想が私の中から生まれることはない。ただ、あの出来事により王家の威信が地に落ちたことは間違いない。

◇バンドウのスキルについて

バンドウの持つスキルは一つ。【穴】のみ。魔力を消費することなく、あらゆるモノを穿(うが)つことが出来る。生物も勿論(もちろん)対象で私の部下であるチェケも一時期、右脚に穴をあけられていた。

特筆すべきは、バンドウの【穴】は後から解除出来ることだ。人が通れる穴を地下にあけて任意の場所に潜入。後から穴を塞ぐことで証拠隠滅を図れる。

宝物庫襲撃、リザーズ討伐隊の撃退、そして凱旋パレードからの脱出。全てはバンドウの【穴】を前提に作戦が練られており、その戦術的な価値は非常に高い。

今後はリザーズ拠点と帝国領地を地下通路で結ぶ計画もある。バンドウを上手(うま)く制御すれば、物流に革命を起こすことさえ可能である。つまり、戦略的な価値も計り知れない。

◇バンドウの人柄、そして関係性について

ここまででバンドウの重要性は十分に伝わっていることだろう。

ただ、人柄については印象を摑(つか)みかねているのではないだろうか？

バンドウの年齢は十七である。しかし若々しさはなく、どちらかというと老獪(ろうかい)さを感じさせる。また、人の好き嫌いが激しく、同郷であろうと気に食わない相手には容赦がない。

常に冷静沈着であり、同年代の男女のように我を忘れてはしゃぐ様なことはない。その行動原理は謎であるが、何かしらの目的を内に秘めているように感じる。本人は決して打ち明けないだろうが。

少なくとも現在、我々との関係は非常に良好であり、リザーズの一員として振る舞っているのは間違いない。バンドウとの関係維持は帝国の国益にも繋がると確信している。

◇今後の活動方針について

特務部隊にバンドウ一味を加えたリザーズの当面の活動方針は、ガドル王国王家の失墜を進めつつ勇者を確保することである。リザーズ討伐隊に参加していた勇者を確保することは叶わなかった。今後、王国側の監視が更に厳しくなる恐れはある。

しかし、バンドウから得た情報によると勇者の中には迂闊な者もいるらしい。勇者の質という面からは好ましくないかもしれないが、長い歴史の中で帝国が【勇者】の称号を持つ者を傘下に加えたことはまだ一度もない。

アルマ神からの祝福を神国と王国だけが受けるという構図に変革をもたらすには「帝国の勇者」が鍵となる。これは帝国上層部の共通認識であるはずだ。幸い、この件についてバンドウは協力的だ。悪辣な手を思い付き、「帝国の勇者」に繋がるような動きを期待する。

ザルツ帝国帝都ハインドルフにある帝城。その中に一際警備が厳重な部屋があった。入り口には近衛騎士が二人、中にも二人。

この大陸の中で最も命を付け狙われている男、皇帝ガリウスは執務机の椅子にどかりと座り、ある報告書を興味深い表情で何度も読み返していた。

「おい、この報告書を読んでみろ」

ガリウスは近衛騎士の一人に声を掛け、熱心に読んでいた報告書を渡そうとする。

「……よいのですか？」

「構わぬ。余だけが把握していてもつまらん。話し相手になれ」

そう言われては是非もない。近衛騎士はガリウスから報告書を受け取り、目を通す。

「面白いことになっていると、思わないか？」

「これが事実なら、陛下を喜ばせるに値する出来事が起こりつつあるかと」

ガリウスは少し遠い目をする。

「余とコルウィルの付き合いは長い。奴は嘘や誇張を報告書に書いて寄越すような輩ではない。少なくとも、書いてある内容は事実だろう」

「……書かれていないことも、あると……？」

ニヤリと笑い、ガリウスは嬉しそうに言う。

「バンドウの称号がそれに当たる。ハズレ召喚者だが、非常に有効なスキルがあり、コルウィルとの関係は良好だ。だが、報告書では称号については省いてある。奴としてはまだ、それを帝国側に知らせたくないのだろう」

「コルウィルが帝国を裏切ると……？」

近衛騎士が恐る恐る尋ねる。

「そうではない。コルウィルはバンドウと帝国の仲を取り持とうとしておるのだろう。その過程でバンドウの持つ【称号】が障害となると判断した可能性がある」

「コルウィルに、追加で報告させますか？」

ガリウスは顎髭をしごきながら考えを巡らせる。

「いや、その必要はない。コルウィル率いる特務部隊は類い稀なる成果を挙げておる。当面は奴のやり方に任せる。少なくとも、余が勇者を手に入れるまでは……」

「はっ……！　承知しました……!!」

近衛騎士との会話で考えをまとめたガリウスは満足そうに頷いた。

《三》宰相の策

「エミーリア様。今後のことでご相談が……」

ガドル王国王城にある第一王女エミーリアの寝室。

その扉の前には困り果てた様子の宰相が立ち、部屋の中に向かって話し掛けていた。

「……体調が悪いの」

扉越しに弱々しい声が聞こえてきた。エミーリアだ。

「ならば、医者にかかりましょう」

「……医者は必要ないわ」

宰相は眉を下げ、右手でこめかみを押さえた。「頭が痛い」と訴えるように。

「エミーリア様。あの凱旋パレードのことを気に病まれているのでしょうが、あれはもう終わったことです。民も兵士も皆、とっくに忘れております」

「……嘘よ！」

泣くような、叫ぶような声だった。

「本当です！　それに、民も兵士も何が起こったのか、ろくに理解していなかったのですから。エミーリア様が一人、気を揉む必要はありません」

「……もう誰も私のことを臭々王女って呼んでいない……？」

「はい。エミーリア様をそのように呼ぶ輩は王都には誰一人おりません。いたとしたら首を刎ねます！」

「……信じて良いの？」

宰相は一瞬考え込むような仕草をみせた。

「勿論です。信じてください……！」

「……分かったわ。着替えたら執務室に向かう」

ホッと息を吐き、宰相は扉の前からようやく離れる。すぐ傍に立っていた護衛の近衛騎士が小さく「お疲れ様でした」と声を掛けた。

久しぶりに寝巻きからドレスに着替えたエミーリアは、しっかりと化粧をして執務室に現れた。しゃんと伸びた背筋を見て、宰相は「もう大丈夫だ」と瞳を輝かせる。

「任せっきりにして悪かったわね」

そう言ってエミーリアは執務机についた。

宰相はその正面に立って早速これからのことについて話し始める。

「先ず、勇者の育成の件です。場所としては西の森が最適ですが、リザーズを排除するまでは使えません。しばらくは王都周辺で鍛錬を積ませます」

「……仕方ないわね。ただ、ずっとそうするわけにもいかないでしょ？　低レベルの勇者を聖女に差し出すわけにはいかないわ」

「それは勿論です。同時にリザーズ討伐も行います」

「どうやって？　王国軍は反発するのでは？」

宰相はニヤリと笑う。得意気だ。

「冒険者ギルド経由で、S級冒険者を二人、王都に招くことに成功しました」

エミーリアの顔がパッと明るくなった。

「S級冒険者……。勇者と聖女を除けば、世界最強の存在……」

「彼等を王城に招き、リザーズ討伐を依頼したいと考えています！」

声を弾ませる。

「いいわね。早急に手配して！」

「実はもう準備は整っております。明日にも招くことが出来ます」

「流石ね。では、明日にしましょう」

「承知しました」と言い残し、宰相は早速執務室を後にした。

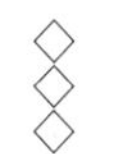

その日の王城は剣呑な雰囲気に支配されていた。

正門にはいつもの倍の門兵がおり、顔が強張っている。

城の中を巡回する兵もそうだ。腰の短剣に手を当てながら慎重に音を殺して歩き、警戒を怠らない。応接の間に至っては鎧姿の近衛騎士がずらりと壁際に並び、まるで戦場のように緊迫した空気になっていた。

「遅いわね……」

シャンデリアの下には四つのソファーと四つのサイドテーブル。

その一つに腰を下ろしていたエミーリアがぽつりと漏らす。

「迎えの馬車を出したのですが、二人とも『自分で行く』と断ったようです」

同じくソファーの上で宰相は額の汗を拭う。

二人の緊張した様子が近衛騎士達に伝播し、更に表情が険しくなった。

突然、パタパタと足音が響く。ややあって応接の間に小柄な官吏が現れた。

息を切らし、肩を上下させている。随分と慌てて走ってきたようだ。

「ベリンガム様がいらっしゃいました！」

「おお！　雷神が！」

宰相が嬉しそうにソファーから立ち上がる。エミーリアも釣られて腰を浮かせた。

少しして、カツカツと硬い足音が廊下に響き始めた。応接の間の扉が開かれる。

「ほお。王女自ら出てくるとは……」

金髪を逆立てた碧い瞳の偉丈夫が値踏みするような視線をエミーリアに向けた。

「どうぞ。お座りください」

宰相が金糸の刺繍が施された煌びやかなソファーをベリンガムに勧める。

「ふむ」

ベリンガムは満足気に口元を歪め、どっかとソファーに座り足を組んだ。

「で、わざわざ俺様を呼びつけるとは。何の用だ？」

その物言いに近衛騎士達が表情を険しくする。

「もう一方、招いております。用件については揃われてから伝えさせてください」

宰相は立ったまままそう説明する。相変わらず額からは汗が噴き出ていた。

「おいおい。俺様一人で十分だろ？　ドラゴンの巣でも襲わせる気か？」

「いえ……。それより厄介な相手で――」

突如、カチャカチャと全身鎧の騎士が走るような音が廊下から響いてきた。

音は次第に大きくなり、応接の間の扉の前で一旦止む。

「リリナナ様がいらっしゃいました！」

官吏の声と同時に扉が開かれ、ヘルムを被ったままのプレートアーマーの騎士が現れた。

騎士は銀髪の華奢な女を横抱きにしている。女は「スースー」と寝息を立てていた。

「リリナナ殿……？」

宰相が困惑した声を上げ、エミーリアと顔を見合わせる。

ベリンガムは明らかに不機嫌になり、まだ瞼を閉じたままの銀髪の女を睨みつけた。

「どうぞ。お座りください……」

宰相が勧めると、騎士が応接の間の中央まで進み、銀髪の女をソファーに座らせた。

女は黒いレザードレスに身を包み、タイツも靴も黒い。

「リリナナ殿、起きて頂けますでしょうか……!?」

宰相が思い切って声を張ると、リリナナはようやく瞼を開いた。

まだ眠そうな深紅の瞳が不機嫌に辺りを見回す。

「ここ……どこ……?」

「……王城の応接の間です」

宰相が呆れた様子で返し、自らもソファーに腰を下ろした。

「S級冒険者、ベリンガム殿とリリナナ殿。本日は我々の要請に応じて頂き、ありがとうございます。第一王女エミーリア様も喜んでおられます」

「エミーリアよ。二人ともありがとう。噂と違わぬ英姿を見て、大変心強く感じているわ」

気を取り直し、宰相とエミーリアが挨拶をする。

「ベリンガムだ。冒険者の中では雷神と呼ばれている」

そう言うと、ベリンガムはリリナナに視線を向ける。「お前の番だ」と。

「ん。リリナナ。美味しいケーキがあると聞いてやってきた。早く出して」

エミーリアがキッと宰相を睨みつけた。宰相は慌ててリリナナを諭す。

「リリナナ殿! 依頼の話が終わってからお茶の時間とさせてください」

リリナナはじとりとした瞳を宰相に向けるが、一応納得したようだった。

「それでは早速、依頼の内容を説明させて頂きます。お二人には盗賊団の討伐をお願いしたいと考えております。その盗賊団の名はリザーズ。オオトカゲに乗って王都周辺を荒らし回る、ならず者の集団です」

「おいおい。たかが盗賊団の討伐に俺様を呼んだのか？」

　ふんぞり返ったベリンガムが鼻で笑いながら宰相に返す。

「リザーズはただの盗賊団ではありません。頭領のコルウィルを中心に軍隊のように規律正しく動き、油断出来ない相手です。実際、近衛騎士団を中心として組織した討伐隊は敗走しております」

　宰相の言葉を聞き、ベリンガムは壁際に立つ近衛騎士達へ好奇の視線を向けた。

「ふん。あいつらが無能なだけだろ。盗賊団ぐらい俺一人でつぶしてやる」

　ベリンガムが胸の前で右の拳を握ると、バチバチと紫電が弾ける。雷魔法だろう。

「それは頼もしい限りね。でも、気を付けて頂戴。リザーズには異世界から召喚された者達が三名、合流している。その内の一人、バンドウは何にでも【穴】をあけてしまうスキルを持っているわ」

「召喚者か……。勇者ではないのだな？」

　急に顔を引き締める。

「そうね。黒髪黒目だけど勇者ではない。バンドウは腹の中まで真っ黒でその奸計によって討伐隊は苦汁を嘗めたわ。侮れない相手よ……」

エミーリアはその瞳に憎悪を宿らせる。

「黒髪黒目、腹黒！」

それまで無関心で、ぼんやりしていたリリナナが急に表情を明るくした。

「ベリンガム殿、リリナナ殿。リザーズ討伐の依頼、受けてくださいますでしょうか？」

宰相が恐る恐る尋ねた。転瞬の間があって、ベリンガムが口を開く。

「いいだろう。受けてやる。ただし、俺様は高いぞ？」

ほっと息を吐きだす宰相。「十分な報酬を用意します」と返す。

「リリナナ殿は？」

「リザーズ、皆殺し？」

リリナナは宰相とエミーリアに尋ねる。エミーリアの顔はまだ憎悪で歪んでいた。

「ええ。皆殺しにして頂戴。それに、バンドウとコルウィルの首は綺麗な状態で持ち帰って欲しいわ。広場に飾るから」

「んー。なら、やらない。お断り」

それを聞いてベリンガムが噴き出した。

「はっはっはっ！　血も涙もないと噂では聞いていたが、実際の屍術姫はずいぶんお優しいことだな……!?　もう冒険者を引退したらどうだ？」

リリナナはベリンガムに一瞥をくれるが、特にやり合うつもりはないらしい。宰相の方を向いて「ケーキ早く」と催促を始めた。

「……それでは、リザーズ討伐はベリンガム殿にお願いするとしましょう。リリナナ殿、また何か機会がありましたら、よろしくお願いします」

宰相が壁際に控えていた侍女に合図を出すと、それぞれのサイドテーブルにケーキと紅茶のポットが置かれる。エミーリアと宰相、ベリンガムは侍女が淹れた紅茶を飲みながら、話を弾ませた。

一方のリリナナはパクパクとケーキを平らげるとサッと立ち上がる。

「お帰りですか？」

宰相の声と同時に、プレートアーマーの騎士が再びリリナナを横抱きにした。

リリナナはもう眠たそうな瞳をして、三人に別れを告げる。

「ん。帰って寝る。バイバイ。宰相、ベリンガム。そして臭々王女」

宰相、近衛騎士、侍女が一斉に動きを止めて固まった。

静寂の中、プレートアーマーの騎士はカシャカシャと音を立てながら応接の間から去って行く。

「臭々王女って何のことだ？」

ベリンガムがあっけらかんと尋ねるが、皆、顔を伏せて答えない。

エミーリアだけが一人顔を上げ、怒りで瞳を濁らせていた。

王都でエミーリア達をコケにした後、俺は新しい拠点造りに忙しくしていた。

あれだけのことをやらかしたんだ。今まで通りというわけにはいかない。リザーズも廃坑を完全に引き払い、俺が共同の拠点を造ることになった。

場所は廃坑よりもさらに森の奥。王国と帝国を分ける山脈にほど近い。

現れる魔物は強力だが、拠点の周りを幅三十メートル、深さ二十メートルの空堀で囲むことにより安全を確保している。

中の造りは前に俺が造った拠点に近い。空堀を越え、大岩をくり抜いて造ったエントランスに入ると、すぐに地下へと下るなだらかなスロープがある。

スロープを下ると多目的広場へ達する。広場は食堂や居住区、トカゲ牧場へと繋(つな)がっている。

居住区では少々面倒だったがリザーズの団員、全員分の個室を用意した。

今まで個室は頭領のコルウィルしか持っていなかったので、やたらと感謝されている。

そして特徴的なのはトカゲ牧場だ。

牧場造りはオオトカゲマスターのチェケの指示に従って行った。広大な空間に森から切り出した木材を配置。登り木として与えることでトカゲ達は気持ちが落ち着くそうだ。

なっている。

牧場の一角には発熱の魔道具を設置し、オオトカゲが自ら体温調節を行えるようにも

正直なところ、リザーズの団員の部屋よりも遥かに手間が掛かっている。主従逆転している感じすらある。

ここまで造るのに掛かった日数は五日。コルウィルやチェケは驚いていたが、鮫島や田川は慣れたもので、当たり前という顔をしていた。

そして現在、新たに造っているのはターミナルだ。

拠点を森の最奥にまで移したことで、移動コストが上がってしまった。商人とやり取りするには街道まで出て行かなければならないが、毎回森を突っ切るのは効率が悪い。

そこで、新拠点から各地に地下通路を延ばす計画が立てられたのだ。

既に森の入り口までの地下通路は完成し運用されている。警備が少々大変だが、森の中を進むリスクの方が高い。それに、いざとなれば俺が【穴】を解除し、侵入者を一掃出来る点も決め手となり、このターミナル計画は進められている。

そして、今は二本目の地下通路を開発中だ。

「田川。マップを見せてくれ」

「はい、どうぞ」

二本目の地下通路は拠点と帝国領を繋ぐものだ。これはコルウィルから強く依頼された。

「完成すれば物流に革命が起きる！」と熱心に頭を下げるものだから、商人を俺に紹介することを条件に、作業を引き受けた。

「しかし、まだまだ遠いねぇ。番藤(ばんどう)君、疲れないの？」

「全く疲れないな。田川だって【マップ】を使っても疲れないだろ？　それと同じだ」

「うーん……」とあまり納得していないリアクションだ。

レベルが上がったせいか、俺の【穴】は進化していた。今までは円い穴しかあけられなかったのに、正方形の穴もあけられるようになったのだ。そして、穴のサイズも最大十メートル四方まで拡大した。

これは穴を通路として捉えると、素晴らしい進歩だった。何せ一瞬で馬車がすれ違える地下道を造ることが出来るのだ。コルウィルなんて「帝国領への地下通路が完成したら皇帝に紹介したい」と漏らしたほどだ。

「よし。そろそろ拠点に戻ろう。夕食の時間だ」

「うん。お腹(なか)減ったもんね！　鮫島君、オーク狩ったかな？　お肉食べたいね！」

意外なことに田川は魔物の肉が好きだ。狩猟係の鮫島が狩ってくるマッドボアやオーク、フォレストウルフなんかを喜んで食す。この森に来た頃は弱ったオークに止(とど)めを刺すのすら戸惑っていたというのに、人間は変わるものだ。変わったと言えば、最近少々ふくよかになった気がする。

つい先日もチェケが「田川さん、ちょっと大きくなっていますよね」と胸の辺りを見ながら耳打ちしてきた。勿論、本人には言っていないが……。

食事の話で急に元気になった田川がオオトカゲに飛び乗り、「早く早く」と急かす。

「田川、お前変わったな」

「え、そう？　どんな風に変わったかな？」

眼鏡越しに俺を見つめる瞳は期待に満ちている。

「随分と明るくなった。教室の隅で壁の一部と化していた頃とは大違いだ」

「えっ！　酷いな～。番藤君、私のことそんな風に見ていたの？」

「いや、見てすらいなかったが」

「もっと酷い！　帰ったらやけ食いしよっと」

俺が鞍に跨ったところで田川はオオトカゲを走らせ始めた。この時はまだ、平和だった。

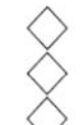

夕食を終え、寝るまでのぼんやりとした時間。

紅茶を飲みながら自作のロッキングチェアに身を委ねる。ターミナルについて考えよう。

今は拠点と帝国を繋ぐ地下通路を施工中。これにはあと十日は掛かるだろう。

帝国領は単純に遠い。移動するだけでそれぐらいは掛かってしまう。

明日以降は通路の中でキャンプをしながらの施工になる。

これが完成すると、帝国領から森の入り口までターミナル経由で繋がる。

今まで帝国領から王国領へ馬車で向かおうとすると山脈を迂回するので片道六十日は掛かったらしい。それが、十日と少しで帝国領から森の入り口まで行けてしまう。

今は塞いでしまったが、王都まで地下通路で繋ぐのもわけない。つまり――。

「帝国領から一気にガドル王国王都まで攻め込める……」

うん……。改めて考えると結構ヤバイな。俺が本気で帝国に肩入れすれば、少なくとも王都への侵攻は容易だ。エミーリアや宰相はどこまで想定しているのだろうか？

俺とリザーズがズブズブなのは馬鹿でも分かる。リザーズと帝国の繋がりについては？

討伐隊の証言から、ただの盗賊団でないことは認識しているはず。馬鹿でなければ、大局的な見地から俺の命を狙いそうだな……。それに、エミーリアには大恥をかかせた。あのプライドの高い女のことだ。私怨を晴らす為にもリザーズと俺のことをまた狙うだろう。

「油断は出来ないな」

とはいえ、討伐隊は失敗したばかり。また直ぐに王国軍を動かすとは考え難いか……。

王国側が手を打って来る前にリザーズを通して帝国との関係を強化。

それと並行してこの世界の知識を得る。

特に、アルマ神国と聖女は謎だらけだ。コルウィルに聞いても「聖女と勇者が力を合わせて魔王を倒してきた」ぐらいのことしか知らない。

聖女とは何だ？　何故、聖女と勇者が揃わないと魔王を倒せない？　それに、地球から勇者を召喚する理由も分からない。他の世界から人を連れてこないと魔王を倒せないなんて、情けな過ぎる。こんな迷惑な仕組み、ぶっ壊してやる！

……うん？　何故俺はこんなことを考えている？　ターミナルについて考えていたはずなのに……。

ふと、ステータスで見たある文言が脳裏に浮かんだ。

『地球からロンデリアに遣わされた【侵略者】。固有スキル【穴】で世界を裏側から侵す』

急に可笑しくなった。どうやら俺は、【侵略者】って称号に導かれているらしい。

「まぁいい。今のところ、楽しいからな」

俺に【侵略者】の称号を与えた何者かに向けて発した。

そろそろ寝るか。ロッキングチェアから立ち上がり、ベッドに座り直す。

灯りの魔道具に触れると部屋が薄暗くなる。いよいよベッドに横になり、瞼を閉じた。

カンカンカンカン……!!　と、けたたましい音が響いた。誰かがバケツを叩きながら叫んでいる。何事かと部屋から飛び出すと、パンツ一丁の鮫島と寝間着姿の田川が通路にいた。他のリザーズ団員達もぞろぞろと自室から出てくる。

「どうした？」

「まだ何も分からないよ」

田川が怯えた表情で答える。

「鮫島はとりあえず武器を持ってこい」

「おう！」と答えた鮫島は素早く自室に飛び込み、鎧下を着用し右手にメイスを持って出てきた。

「王国の襲撃か？」

「可能性はあるな……」

鮫島はメイスを強く握り、顔を険しくする。

さて、どうするか？　考えあぐねていると、慌ただしい足音が近づいてきた。

「バンドウさん！　森に異変です！　雷が移動してきています！」

息を切らしながらチェケが報告に来た。雷が移動とはどういうことだ？

「コルウィルは？」

「外に様子を見に行っています！　俺はこれからトカゲ牧場に向かうので！」

そう言い残し、チェケはまた駆けていく。

「鮫島、とりあえずエントランスに向かおう。田川は自室で待機だ」

「よしきた！　暴れるぜぇ……！」

「二人とも、気を付けてね」

勢いよく走り出した鮫島を追い、スロープを上って拠点のエントランスから外に出る。

先に着いていたコルウィルが俺の顔を見た後、空を指差す。

すると突然、暗闇から雷が発生しズドンと落ちた。

「あれはなんだ？　あそこだけ天気が悪いのか？」

「……あれは雷魔法の一つだ。自分の身に雷を落とし、それを纏って力に変換する……」

コルウィルは森の中を睨みつける。

「敵ってことでいいか？　堀を越えられるとは思えないが……」

「いや、舐めない方がいい。あれは多分、S級冒険者のベリンガム。雷神と呼ばれる男だ」

「S級？　ヤバイ奴なのか？」

「……ヤバイ」

バリバリバリバリッ！　と大気を破く音がして森が明るくなった。

一帯の樹木が一瞬で打ち払われ、至る所で炎が上がる。

「来やがった……」

堀の向こうに紫の光を纏った男がいた。

《五》逃亡

「来るぞ！　逃げろ……!!」

コルウィルが叫びながら反転し、拠点に駆け込む。俺と鮫島は反応が遅れてしまう。

バリバリバリバリバリバリッ……!!　紫電が弾け、ベリンガムが跳躍した。

光が網膜に張り付き、凄まじい音に身体が硬直する。

一瞬、自分がどこに立っているのか分からなくなった。

「バンドウはいるか……？」

視界が戻るといつの間にか髪を逆立てた男が目の前にいた。ベリンガムだ。

雷神と呼ばれる男の身体は帯電しているようで、バチバチと鳴る。

感じたことのない威圧感に鼓動が速くなった。しかし、雰囲気にのまれてはいけない。

「番藤なら王都に行ったぞ？　残念。丁度入れ違いだ。お引き取り願おうか？」

「……バンドウは黒髪黒目らしい。お前か……？」

ベリンガムが俺を睨む。

「おいおい。俺様を無視するんじゃねえ！　ぞ！」

鮫島が俺の前に出てメイスを構えた。身体が徐々に赤く光り始める。

この馬鹿、【狂化】を使うつもりか……!?

「番藤は先にいけ！　田川を頼むぞ！　【狂化】!!」

鮫島の身体は一瞬で赤い光に包まれる。早くも正気を失った鮫島がぐるりとメイスを振り回す。

「ぐっ……！」

腕を十字にしてメイスを受けると、地面から足が離れて身体が浮いた。

そのまま吹き飛ばされ、スロープを転がり落ちる。

「ォォォオオオオオ……!!」

鮫島の声が響く。霞む視界の先で紫電と赤光がぶつかった。

二つの大きな力が拮抗し、拠点が揺れている。

もうこうなってしまっては、俺は足手纏いだ。他に出来ることを優先すべき。【狂化】が切れても鮫島には【根性】のスキルがある。心が折れない限り、死ぬことはない。

鮫島、必ず後で迎えに行く……！　俺は駆け出した。

居住区へと駆け込み、田川の部屋の扉を叩く。
「田川！　逃げるぞ！　ぐずぐずするな！」

「えっ……?」

「いいからさっさと鍵を開けろ!」

扉を開けると、皮の鎧姿になって紅茶を飲んでいる田川がいた。これだけ周囲が騒いでいるというのに、緊張感のない奴め。

「S級冒険者とかいうのが襲ってきた! 今は鮫島が食い止めている。下手すると全滅だ! 一度拠点から離れて策を練る!! 今すぐティーカップを置いて立ち上がれ!」

「はっ、はい!」

やっと事態を理解した田川は小走りで部屋から出てきた。

「トカゲ牧場に行くぞ!」

「うん!」

緊張でせり上がってくる胃酸を抑えながら、トカゲ牧場へと駆けこむ。

入り口ではチェケが指揮を執り、リザーズ団員にオオトカゲをあてがっていた。

「チェケ! トカゲを頼む! あと、コルウィルはどこに行った?」

「ボスはターミナルにいます! 全員揃ったら森の入り口へ抜ける予定です!」

いや……。森の入り口はまずいだろ。他の冒険者が張っている可能性がある。

コルウィルの奴、焦っているな。

「田川、さっさとトカゲに乗れ! チェケ、ターミナルで待っているぞ!」

「了解っす！」

俺がいれば、とりあえずリザーズ達を逃がすことは出来る。雷野郎への対応はその後で考えよう。鞍に跨ると、オオトカゲは全速力でターミナルに向かって走り始めた。

「コルウィル！　森の入り口に抜けるのは駄目だ！　帝国側へ向かうぞ！」

団員の指揮を執っていたコルウィルが振り返り、声を荒らげる。

「帝国側の地下通路はまだ行き止まりだろ！」

「俺がいれば何とでもなる！　わざわざ王国側へ逃げる必要はない！　その後、どうするつもりだ!?」

「……分かった。先導を頼む！」

少し冷静になったコルウィルが指揮権を俺に譲る。

振り返ると、田川は既に【マップ】を開いて俺の指示を待っていた。

「帝国側通路を進み、途中で穴をあけて地上に出る。丁度いい地形の場所を教えてくれ！」

「任せて！」

少しして、牧場で団員の面倒を見ていたチェケがターミナルにトカゲに乗って駆け込んできた。これで、全員揃ったな。

「よし！　全力前進だ！」

手綱で合図を出すと、オオトカゲはスムーズに加速してスピードに乗る。後ろを見ると、しっかりと付いて来ている。オオトカゲが隊列を組んで走り始めた。

まだ出来たばかりの真っ暗な地下通路。オオトカゲの頭に取り付けた灯りの魔道具を頼りに進んで行く。隣ではコルウィルが険しい顔をして、トカゲを走らせていた。

「さっきの冒険者、王国からの刺客だと思うか？」

「王家が冒険者ギルドの伝手を使って呼び付けたのだろうな。依頼内容はバンドウと俺の首。リザーズ壊滅ってところか……。S級冒険者を動かすなんて、エミーリア王女は随分とお怒りのようだな……」

こめかみを右手で押さえ、コルウィルは唸る。

「コルウィル、随分と恨まれているな」

「バンドウがやり過ぎたからだろ！　臭々王女なんて渾名を広めやがって！」

「あれは皆の気持ちを代弁しただけだ。いつだって民衆は娯楽に飢えている。身を挺して笑いを提供するなんて、エミーリアも見所があるよな？」

「お前がそう仕向けただけだ！　クソ！」とコルウィルはやけっぱちに叫んだ。

「話を戻そう。さっきのベリンガム。S級冒険者と言っていたが、そんなにヤバイのか？」

「ヤバイ。成長した勇者や聖女には劣るだろうが、この世界の最強を争う奴だ」

「鮫島君、大丈夫かな？」

俺の背後で、田川は心配そうに声を上げた。それをコルウィルが拾う。

「【狂戦士】の生命力は異常だ。戦う意思がある限り、【根性】のスキルで死なない。それに、ベリンガムは俺達を追ってくるはずだ。鮫島一人に時間は掛けないだろう」

そう言ってコルウィルは自分の首をさする。緊張の中、オオトカゲの隊列は進む。

帝国への通路を三分の一ほど行ったところで、マップを見ていた田川が声を上げた。

「この辺に穴をあけると簡単に外に出られるよ！」

「よし！　総員、停止！　俺が通路に穴をあける。そこから一旦森に出るぞ！」

オオトカゲから降りて地下通路の壁に手を当てる。

「斜めの方向に二十メートルほど穴をあけて。丁度いいスロープになってそのまま外に出られるはず」

田川がマップを見ながら、人差し指で示す。

「分かった。【穴】!!」

ドンッ！　と新しくあいた穴から、夜の森の湿った空気が押し寄せてきた。

外は開けているようで、月の光が薄ら（うっす）と差す。

「急げ!!」

コルウィルが叫ぶとリザーズはオオトカゲごとスルスルと穴を上がり、森へと飛び出す。

俺と田川もトカゲに跨ってそれに続く。全員、地下通路から出たことを確認し、【穴】を解除して塞いだ。これで、ベリンガムは俺達を追えないはず。しばらく時間を稼げる。

「田川、マップを見せてくれ」

差し出されたマップで周囲の地形を確認する。現在地は王国と帝国を分ける山脈の麓だ。

「コルウィル達はどうする？」

「少し西へ行って川沿いのどこかで身を潜めようと思う。山越えして帝国に向かうのが一番安全だが、流石に拠点に隠した財産を捨てることは出来ない」

同感だ。それに他にもやることがある。

「俺は拠点に戻ろうと思う。オオトカゲを一匹貸してくれ」

灯りの魔道具が照らすコルウィルの顔には驚愕の表情が浮かんでいた。

「バンドウ。お前は馬鹿なのか？　ベリンガムは地下道が行き止まりなのを確認すれば戻ってくるぞ？　奴のスピードを見ただろ？　もう少し時間をあけろ！」

「それでは鮫島の生存の確率が下がるだろ？　駒が減るのは困る」

「本気か？」

「あぁ」

コルウィルは自分が乗っていた一番立派なオオトカゲを「やれやれ」と差し出す。

「こいつは一番力があって、一番速いオオトカゲだ。そして一番肝も据わっている。何があってもお前の指示に従うはずだ。あと、これも持っていけ。上級ポーションが入っている」

そう言ってコルウィルは腰から革製のホルダーを外し、俺に渡した。

「いいのか？」

「ああ。だからバンドウ、絶対に死ぬなよ。お前は我が国に必要な人材だ」

「ふん。俺が死ぬと思うか？」

「いや。殺しても死なないと確信している」

そう言うと、コルウィルとリザーズの団員がピシリと並び、軍隊式の敬礼をした。

「また、会おう」

「あぁ。少しの間、田川を頼む」

俺はオオトカゲに跨り、前進の合図を出した。

《六》　S級

平時、夜の森は賑（にぎ）やかだ。夜行性の動物や魔物が闊歩（かっぽ）し弱肉強食の世界が広がっている。

しかし今日は違う。雷神ベリンガムの脅威に怯（おび）えたのか、生き物の気配を感じない。

お陰で拠点までの道程は順調だった。オオトカゲの進行を邪魔する者はおらず、あと十分も進めば拠点の入り口が見えてくるだろう。

「もう少しだ。頑張ってくれ」

オオトカゲの体を撫でる。ひんやりとした感覚が掌に返ってきた。そして――。

「分かった。頑張る」

何だ？　トカゲが喋ったのか？　しかも若い女の声で……。

「いつから……人間の言葉を話せる……？」

「ん。たぶん一歳」

オオトカゲの寿命がどれくらいか知らないが、割と早いうちから人語を操るのか……。

「ところで、名前は？」

「リリナナ」

随分と可愛い名前だ。このオオトカゲ、雌だったのか……。

名付けの親はコルウィル？　意外とセンスがいいな。と考えたところで、声が背後からしていることに気が付いた。

さっと振り返り、一瞥する。銀色の髪に赤い瞳、真っ白い肌。少し尖った耳。

人間味のない人形のような見た目に、慌てて前を向いた。

この女、何だ？　人間だよな……？　一体、いつから俺の背後にいた？　そもそも狙いは？　敵ならば、いつでも俺の命を奪えたはず。機嫌を損ねないように聞いてみるか。

少しだけ振り返り、フレンドリーに声を掛ける。

「リリナナはいつから俺の背後にいる？」

「つい、さっき」

ここでホッとする。リザーズや田川(たがわ)のことは多分、バレていない。

何かあっても、奴等(やつら)に被害が及ぶことはなさそうだ。

「何か用があるのか？」

「見に来た」

見に来た？　何を？　まさかこいつ、ベリンガムの仲間。いや、監視役か？

やはり、リザーズを襲撃したのは一人ではなかったか……。

「見に来たって、何を？」

「バンドウ」

俺を見に来た……？　訳が分からない。

「殺しに来たのではなく？」

「ん。見に来た」

「何故(なぜ)だ？」

リリナナは俺の背後でゴソゴソと何かを漁(あさ)っている。武器を出している様子はない。

「これ、見て」

服が引っ張られ、無理矢理後ろを向かされる。慌ててオオトカゲに停止の合図を送った。

「黒いイヤリング。これは黒の腕輪。あとこれは……」

リリナナは背負っていた黒いリュックから自慢のグッズを取り出し、誇らしげに見せる。

そういえば、身に着けているものはほとんど黒だ。

「……黒い物が好きなのか？」

「ん。大好き。だからバンドウ見に来た」

「黒髪黒目だから？」

「そう。あと、お腹も黒いって聞いた。とても良いこと」

さっと血の気が引いた。どう考えてもこの女、ヤバイ。

「俺の腹が黒いと、誰が言っていた？」

「んー。臭々の女の人」

臭々王女の渾名は随分と広がっているようだ。

「エミーリアか。奴に会ったのか？」

「会った。美味しいケーキを食べさせてくれるって言うから。行くと『リザーズを皆殺し。バンドウとコルウィルの首を持ち帰って欲しい』って言われた」

やはりこの女、王国からの刺客……!?

「大丈夫。断った」

リリナナの言葉でフッと力が抜ける。

「本当に俺達を殺すつもりはない？」

「ない。バンドウ、気に入った」

無表情だったリリナナが少しだけ頬を緩ませた。赤い瞳でじっと俺を見上げている。

「それは良かった。ところでリリナナ。俺はこれから大事な用事があるんだ」

「一緒行く」

「とても危険だぞ？　ヤバイ奴がいるんだ」

「大丈夫。リリナナ強い」

黒いリュックを背負いほっそりとした白い手で拳を作る。何を言っても聞きそうにない。

それに、問答を繰り返す時間はなさそうだ。

「分かった。行こう」

「ん」

俺は再び、オオトカゲに前進の合図を送った。

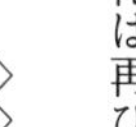

拠点の入り口は真っ暗だった。ベリンガムの紫電も、鮫島の赤光も見えない。

その代わり、肉が焼け焦げたような異臭が周囲に立ち込めている。嫌な予感がする……。

口に人差し指を当ててリリナナを見ると、頷きが返ってきた。伝わったらしい。

音を立てないようにオオトカゲから降り、小声で【穴】を解除して空堀に橋を掛けた。

灯りの魔道具で照らしながら、ゆっくりと渡る。そして、周囲を見渡した。

「鮫島……！」

拠点の入り口に凭れ掛かるようにして、ぽつりと鮫島は座っていた。

他にはメイスが地面に投げ出されているだけで、ベリンガムの姿はない。

駆け寄って灯りで照らすと、顔も何もかもが焼け爛れていた。

「大丈夫か……!?」

肩を揺すると、指先に僅かな反応があった。【根性】が効いている。まだ生きている。

死んでくれるなよ。田川に合わせる顔がない。

慌てて腰のホルダーから上級ポーションを取り出し、鮫島の顔にぶっ掛ける。

ジュッと音がして煙が上がり、皮膚が瞬く間に再生された。

「これを飲め」

もう一本は服用させよう。僅かに開いた口に無理矢理ポーションを突っ込む。

「がはっ……！　ふぅふぅ……」

呼吸も出来ている。なんとかなりそうだ。流石は【狂戦士】の称号を持つ男。

「話せるか？　あの雷野郎はどこへ行った？」

鮫島は声を出す代わりに右手を上げて、拠点の奥を指差した。ベリンガムは想定通り、俺達を追ったようだ。つまり、いつ戻ってくるか分からない。森の入り口に出てそのまま帰ってくれていればいいが、それは楽観的過ぎる考えだろう。ここは危険だ。

「鮫島。背負うぞ」

鮫島の前に屈み、預けられた身体をグッと引き上げ立ち上がる。堀を渡りオオトカゲのところに行くと、リリナナはまだ座ったままだった。本当に付いて来るつもりらしい。

「リリナナ。すまないが一人乗客が増える。退いてくれないか？」

「……やだ。バンドウの後ろがいい」

力の入った赤い瞳で拒否される。妙な迫力に鳥肌が立った。

「時間がないんだ。さっきも言ったが、ヤバイ奴に追われている。早急にここから立ち去らなければならない」

「……平気」

思った通り、頑固だな。

「相手はＳ級冒険者だ。逃げるしか――」

「平気。リリナナもＳ級だから」

その言葉と同時に、拠点の奥から紫の光が溢れた。

《七》激突

拠点の入り口に現れたベリンガムはその身に何度も雷を落とした。紫電がまた強くなる。

それを見ていたリリナナがオオトカゲから立ち上がり、ぼそり「【現出】」と呟いた。

足元の影が怪しく光り、蠢く。

ズズズと軽い地鳴りの後、沼から這い出るようにプレートアーマーの男？　が現れた。

その鎧には禍々しい紋様が描かれており、見るからにただ者ではない。

立ち上がると何度か剣を振って身体の動きを確かめている。

「そいつは、なんだ……？」

「屍術。アンデッドを操る。もう一体出す。【現出】」

今度は白骨化した手の指が地面から生えた。引っ張られるように真っ直ぐ上がってくる。

リリナナの影から浮上してきたのは、ローブを纏い、禍々しい杖を持った髑髏。

生気はなく、眼窩には青い炎のようなものが収まっている。

プレートアーマーはリリナナの前に立ち、髑髏はその後ろで杖を構えた。

「来る。目を閉じて」

バリバリバリバリバリッ！　と空気が悲鳴を上げ、瞼の向こうが白く塗りつぶされる。

急に地面が不安定になった気がして、思わずしゃがみ込む。

瞼を開けるとプレートアーマーが剣を振り終えた後だった。ベリンガムの着地を狙ったのだろう。少し離れたところに退避したベリンガムがこちらを睨んでいる。

「何でここにいる……！　この依頼を受けたのは俺だ！　リリナナは断っただろ……!!」

「散歩していただけ。たまたま」

「ふざけるな……！　今更、報酬が惜しくなったのか……!?」

「報酬なんていらない」

会話を聞いた感じ、エミーリア達は二人を呼び付けてリザーズ討伐を依頼したようだ。

ベリンガムは動揺しているのか、一瞬俺から視線が外れた。チャンス。

「……邪魔をしないでくれるか？　その男は俺の獲物だ」

「無理。バンドウは私の。もう落とした」

そう。落とす。そっと地面に手を付け、前方に最大級の穴をイメージする。

「【穴】!!」

ドバンッ！　と、あいた奈落への大穴がベリンガムとプレートアーマーのアンデッドを飲み込んだ。

「なっ……!?」

ベリンガムの間抜け声はどんどん遠くなる。一方、隣からはリリナナの弾んだ声。

「バンドウ、ずるくて面白い。とても気に入った。死んだらコレクションに加えてあげる！」

コレクション？　俺を屍術で操るつもりか？

「生憎、まだやることがあるんだ。死ぬのは当分先だ」

「分かった。しばらく我慢する」と急にリリナナの顔が引き締まった。同時に穴から紫電を纏ったベリンガムが飛び出してくる。やはりＳ級。簡単には死んでくれない。

「クソガキが！　ビビらせやがって!!」

穴の縁に立つと、ベリンガムは拳を握って構えた。格闘スタイル。

呼応するようにリリナナが【現出】と唱え、再びプレートアーマーの屍が現れる。鎧の意匠が穴に落ちた個体と同じだ。いつの間にか、リリナナは仕舞っていたようだ。

ベリンガムが纏う紫電が光を増した。バリバリとまた、空気が悲鳴を上げる。

「バンドウは下がってて」

「分かった……」

鮫島をオオトカゲに乗せ、二人から距離を取る。

ベリンガムとプレートアーマーは睨み合ったまま動かない。プレートアーマーの中身は生前、かなりの剣の使い手だったようだ。Ｓ級冒険者が隙を見つけられず、じりじりと時間だけが過ぎる。膠着状態。しかし……リリナナにはもう一体いる。

俺の思考を読んだように、髑髏の持つ杖が光り、眼窩の炎が大きくなった。掠れた声で何かを唱えると、中空に青白い光球が無数に浮かぶ。一瞬、ベリンガムの集中が途切れた。

「今」

リリナナの平淡な声。数十の光が一斉にベリンガムを襲い、紫の線を残して躱す。光球よりもベリンガムの方が速い。しかし――。

「破!!」

――プレートアーマーがロングソードを横なぎにして跳び上がったベリンガムを狙った。胴体が真っ二つに……とはいかない。ベリンガムは中空で肘と膝を使って剣身を挟み、着地と同時に身体を捻って長剣を挟み折る。プレートアーマーの屍は身体が流れた。

「オラッッ!!」

大地が割れるほど踏み込むと、ベリンガムの身体は弾丸のように飛び出し、膝がプレートアーマーの腹に突き刺さる。鈍い音を立て、吹き飛んだのは屍の方だった。

「ふん。【現出】」

不満気な声での魔法の発動。リリナナの足元の影が大きく広がり、激しい地響き。

ベリンガムは警戒して距離を取る。

地面が割れたかと思うと、巨大な魔物が現れた。ボロボロに破れた羽とズルズルに溶けた体。赤い眼だけが暗闇に輝く。パッと脳裏に浮かんだ名前は、ドラゴンゾンビだ。

一方で髑髏の光球が更に増える。四方八方から襲われ、ベリンガムの動きが激しくなる。休む暇は全くない。そこに――。

グルァァァアアアー!!

ドラゴンゾンビがブレスを吐いた。赤黒い光線が一帯を打ち払い、辺りに異臭が立ち込める。無慈悲な飽和攻撃。ベリンガムは吹き飛び、光球が幾つも着弾した。地面に投げ出され、その身を覆っていた紫電が薄くなる。

「まだやる?」

勝ち誇ったようなリリナナの声。ベリンガムは立ち上がると、すぐさま構えた。

「舐めるなよ!【極纏雷】」

ドドドン! と空から幾筋もの雷が落ち、かつてないほどベリンガムの身体が眩しい。

そして光が右手に集中した。大気が森が、震え始める。

「……!? 【現出】!!」

リリナナの焦った声で緊張感が増す。足元から現れたのは両手に盾を持った巨人だった。

リリナナを庇うような位置取りをして、グッと踏ん張る。まるで要塞だ。

「【雷槍】!!」

ベリンガムから放たれた紫電の槍が巨人の盾に激しくぶつかり、爆発音が連続する。腐肉が燃え、煙がもうもうと上がる。巨人の屍は炭化してしまったようで、ピクリとも動かない。これ……大丈夫なのか……？

「……はぁはぁ」

ベリンガムは力を出し尽くしたのか、もう紫電を纏っていない。しかし――。

「【一括現出】」

崩れ落ちた巨人の代わりにプレートアーマーがもう一体、ローブの髑髏がもう一体、そしてドラゴンゾンビがもう一体現れた。リリナナはまだまだ元気のようだ。

「まだやるの……？　そろそろ、殺す」

感情的になったリリナナの声。多分、怒っている。

「ちっ……化け物め！　同じS級なのに、何故ここまで差がある！　おかしいだろ……!!」

ベリンガムは両手を上げる。

「降参するならもう行っていい。その代わり、私のことは内緒」

「……いいのか？」

「いい。後々、面倒臭い。リザーズのボスに負けたってことにしておいて」

「……分かった」

ベリンガムは暗い森の中へ消えていった。

《八》リリナナさん

斥候役のチェケが拠点の空堀の向こうに姿を現したのは、ベリンガムの襲撃から三日後の正午頃だった。周囲を注意深く窺(うかが)った後、こちらに手を振る。どうやら、俺が外に出てくるのを待っていたようだ。

「バンドウさーん。堀に橋を架けてくださーい。お願いしまーす」

もう警戒を解いたのか、チェケは大声で叫ぶ。

「待っていろ」

【穴】を解除しながら空堀を渡り終えると、チェケはパタパタと駆けて来る。

「バンドウさん！　無事だったんですね！　良かった～」

「当然だろ。鮫島(さめじま)もちゃんと生きているぞ。コルウィルが言う通り、【狂戦士】の生命力は驚異的だったよ」

「ベリンガムの野郎は？」

「なんとか撃退した」

「リリナナが」と心の中で付け加える。

事情を知らないチェケは無邪気に何度も「良かった～」と繰り返し、目に涙を浮かべた。

「田川(たがわ)や他の団員達は？」

「近くで待機しています。俺が拠点の安全を確認して問題なければ、戻って来る流れです」

「なるほど。コルウィルは慎重だな」

「組織を預かっていますからね。で、もう安全ですよね？」

チェケは拠点の入り口をチラチラ見ながら尋ねる。

「安全だ。以前よりずっとな」

「以前より安全って、どういうことっすか？　また変な仕掛けでも作っちゃいました？」

首を捻り、チェケは訝しむ。

「いや。仕掛けではない。新しい仲間が増えたのだ」

「新しい仲間……っすか？」

「そうだ。皆にも紹介したい。呼んで来てくれ」

「了解っす」とチェケは返事をして一旦森の中へと姿を消した。

約二十四のオオトカゲに乗った集団が拠点に戻って来たのは、それから約一時間後のことだった。

拠点内の広場にはコルウィルをはじめ、リザーズの団員が全員揃っている。勿論、田川と鮫島も。彼等の視線は俺の横に立つ、銀髪紅眼の小柄な女に集まっていた。女はいつも通り、全身を黒い衣装で覆っている。まるで、死神だ。

「皆、気になっているようだな。では、新しい仲間を紹介しよう。この拠点の警備を担当することになったリリナナだ」

「リリナナだ」と抑揚なく自己紹介した。

それを聞いた、リザーズの反応がおかしい。顔が引き攣り脂汗を浮かべる。

「お前達、失礼じゃないか？」

「ん。失礼」

リリナナが頬を膨らませると、リザーズ全員がその身を地面に投げ出して平伏した。

「大袈裟だな」

「ん。大袈裟」とリリナナに言われ、リザーズの団員は直ちに立ち上がる。

こいつら、そんなにリリナナが怖いのか？　確かに不思議な術を使うし、やたらと強いが同じ人間だろ。まるで神にでも出会したようなリアクションだ。

「コルウィル。リリナナは有名人なのか？」

話を振ると、コルウィルは顔を背ける。

「おい。コルウィル？」

再度声を掛けると、「俺かぁ……」と言いながら前に出た。

「リリナナを知っているのか？」

「……存じ上げています」

めちゃくちゃ緊張している。

「S級冒険者って有名なんだな」

「……そうだな」

リリナナは少しだけ頬を緩める。嬉しいらしい。

「なんでそんなにビビっているんだ？　リリナナはベリンガムよりヤバイのか？」

「おヤバクいらっしゃいます」

敬語が無茶苦茶だ。動揺し過ぎだろ。

「ベリンガムが一ヤバだとすれば、リリナナは何ヤバぐらいだ？」

コルウィルは眉間に皺を寄せて言い淀む。

「早く」

「千ヤバぐらい……かな」

あのベリンガムの千倍ヤバイ……？

「そんな風には見えないが……。何を根拠にそんなことを言っている？」

「これは、冒険者ギルドの上層部と帝国の中でもごく一部にしか知られていない話だ。恐らく、同じS級の冒険者ですら知らない。他言は無用でお願いしたい……。リリナナさんは、なんというか、国を一つ、滅ぼされているのだ」

国を滅ぼした？　なんだそれは？

「リリナナ。そんなことしたのか？」

「過去は捨てた。今を生きている」

本人は話すつもりはないらしい。しかし気になる。

「よく分からないな。コルウィル、詳しく教えてくれ」

「えっ……!?　俺が……!?」

「そうだ」

「本当に話しても、よいのですか？」

コルウィルが伺いを立てると、リリナナは小さく頷く。

観念したコルウィルは、ぽつりぽつり話し始めた。

五年ほど前のこと。ザルツ帝国の最北端でレジスタンスが独立を宣言したそうだ。

元々、北方の民は自分達の国を持っていた。それを帝国が武力で脅して併合していたらしい。

併合後は豊富な水産資源を目当てに帝国中から人が集まり、大いに栄えたそうだ。

しかし、北方民族の不満はずっと燻り続けていた。

きっかけは北方民族の王家筋だという若い男の存在だ。レジスタンスは男を祭り上げて武力蜂起し、一気に独立を宣言した。そしてレジスタンス政権は北方民族を優遇し、その他の人々を奴隷化した。

もちろん、皇帝は怒り狂った。帝国軍を集め、直ちに進軍を開始する。

しかし、相手は最北の地にいる。軍の到着には時間がかかる。そこで、皇帝は冒険者ギルドにある依頼を出した。「レジスタンスを攻撃し時間を稼げ。首一つに金貨五枚出す」と。

身軽な冒険者達は一斉に北方に集まり、レジスタンスの首を狙った。駆け出し冒険者のリリナナもその一人だったそうだ。

リリナナの称号は【屍術師】。あらゆる生物の死体を操作する、非常にレアな存在らしい。ただ、普通の屍術師が同時に扱える屍の数は最大でも十体程度。しかし、リリナナは――。

「数千の屍を率いて、一晩でレジスタンスを捻り潰した。公には偶然、アンデッドのスタンピードが起きたことになっているが……」

――静寂。リザーズだけでなく、田川と鮫島まで脂汗を流し始めた。

「リリナナ。やったのか？」

「ちょっと、やった」

「本当は？」

「結構、やった」

俯（うつむ）きながら照れ臭そうに答える。

「当初、冒険者ギルドはリリナナさんの為（ため）にS級の上を作ろうとしたらしい。しかし、それをリリナナさんが断りS級に収まっている」とコルウィルが締め括（くく）った。

なるほど。ここで一つ、疑問が湧く。

「リリナナの種族は人間なのか？」

急にしんとなった。コルウィルなんて目を大きく見開き、そのまま失神してしまいそうだ。どうやら、タブーだったらしい。

しかしリリナナを見ると、怒った様子はない。少し尖（とが）った耳を触りながら、ぽつりと口を開く。

「普通の女の子」

教えてはくれないようだ。まぁ、それを探るのは追々だな。今は貴重な戦力が手に入ったと喜ぶべきだ。幸い、俺のことを気に入っているらしいし。

リザーズメンバーの方に向き直り、大きく息を吸う。

「リリナナはちょっと変わっているが、普段はただの女の子だ。皆、仲良くするように！」

一同ピシャリと背を伸ばし、ハキハキと返事をするのだった。

《九》宝探し

リリナナがリザーズの拠点を訪れた目的は二つ。一つ目は俺に会う為。二つ目は俺達がガドル王国から奪った宝物を物色する為だ。

リリナナは黒い装飾品が大好きだ。特に黒い宝石には目がないらしい。しかし、それらは希少であまり市場には出回らない。大体が貴族家の宝石箱の中に眠っている。

リリナナはリザーズが王国の宝物庫を襲撃したと聞いて「黒い宝石もあるのでは？」と狙っていたというわけだ。

「この壁の向こうに、宝が眠っている」

拠点内の何気ない一角。その壁の向こうがリザーズの宝物庫へと繋(つな)がっている。

「【穴】」

唱えると同時に宝物庫への通路がうまれた。リリナナを見ると目を輝かせている。

「【現出】」

リリナナの影からスーッと現れたのはローブを纏(まと)った髑髏(どくろ)だ。ベリンガムとの闘いで活躍した個体だろう。

「明るく」

髑髏はリリナナの声に頷き、小さく何かを呟く。

すると、眩い光球がうまれて中空を舞い、宝物庫への通路を照らした。

「便利だな」

「ん」

無口だが気持ちが昂っているらしい。珍しくリリナナは鼻息が荒い。

「早く早く」と俺の背中を押している。仕方なく足早に通路を抜けると、十メートル四方の空間が現れた。無造作に置かれた宝物の山が光球に照らされ、燦爛と反射する。

「凄い量……」

「王国の宝物庫の中身を全部丸っと頂いたからな。足が付きにくそうな金塊などは帝国の商人に売り払ったが、それ以外は手付かずで残っている。誰か価値の分かる人間がいれば違うんだろうけど、コルウィル達もお宝には疎くて。結局面倒臭くなって今に至る。というわけだ」

「ん。もったいない。【現出】」

リリナナの影からプレートアーマーの騎士が這い出てきた。リリナナが顎をしゃくると無言で宝物の山を漁り始める。騎士は目利きが出来るのか、ヘルムのバイザーを上げ、拾い上げた宝石を熱心に見ている。勿論、その眼窩には眼球などなく、青白い炎が灯っているだけだが……。

「ん！」

暇を持て余して宝物庫の隅で居眠りをしていると、出し抜けにリリナナが声を上げた。

明らかに喜色が混ざっている。

「どうした？」

立ち上がって近づくと、白くほっそりとした手を俺の顔の前に伸ばしてきた。

薬指にはブリリアントカットの黒い宝石が輝いている。

「バンドウ。これ、欲しい」

欲しいも何も、もう嵌(は)めているじゃないか……。リリナナの性格を考えると、絶対に譲らないはず。それに、田川(たがわ)や鮫島(さめじま)、コルウィル達も反対はしないだろう。

「いいぞ。リリナナにやる」

「やた！」

リリナナはよほど嬉しかったのか、ピョンピョンと跳ね回り最終的に俺に抱きついた。

珍しい光景のようで、騎士はポカンとして眺めている。

「なぁ。リリナナは何故(なぜ)そんなに黒いモノが好きなんだ？」

「小さい頃――」

指に嵌めた黒い宝石を懐かしそうに見つめる。

「ずっと一人で真っ暗な穴の中にいた。そこには皆のいらないものが捨てられていく」

リリナナの顔から表情がなくなった。

「暗闇の中で想像した。ゴミではない、宝物に囲まれる日を。でも頭の中に浮かぶのは、全部真っ黒なモノばかり」

上手く色をイメージ出来なかったのか……。

「その頃、想像したものを今集めているのか？」

こちらを向き、リリナナは少しだけ顔を緩めた。

「そな感じ」


一方、ローブ姿の髑髏はマイペースに宝物を漁っていた。

用途の分からない怪しいモノばかりを次々と床に並べている。

「髑髏は何をしている？」

「魔道具を漁ってる」

ほう。あれらは魔道具だったのか。

髑髏に近づいて屈み、床に並べてあった二つの懐中時計を手にした。

「それ、ルブレフの魔道具」

「ルブレフ？」

「知る人ぞ知る魔道具師。狼のマーク」

裏を見ると、確かに狼の意匠が刻まれている。

「何に使うか分かるか？」

「分かる。一日だけ、姿を消せる」

使い切りの魔道具ってことか。一日とはいえ、姿を消せるなら使い道は大いにある……。

考え込んでいると、リリナナに服を引っ張られる。

「お腹すいた」

あぁ、確かに。もう昼食の準備は出来ている頃だ。随分と長い間、宝物庫に居たらしい。

「よし。戻ろう」

「ん」

リリナナは黒い宝石のついた指輪を、俺はルブレフの懐中時計を二つ持って宝物庫を後にした。


拠点の食堂は賑わっていた。トレイを持って配膳カウンターに並ぶと、焼きたてのパンと具沢山のスープがドンと置かれる。無骨な見た目だが、味は間違いない。軍隊の料理が美味いのは多分、どこの世界でも一緒なのだ。

席につこうと見回すと、出遅れたようで隅っこの窮屈な席しか空いてなかった。

「あそこに座ろう」

「ん」

リリナナと座り空腹をスパイスにして掻き込んでいると、陰鬱な空気が近づいてきた。

「なんだ?」

コルウィルだ。デカい身体を縮めて、しょんぼりしながらトレイを持っている。

「隣、いいか?」

「好きにしろ」と言うとコルウィルは俺の隣に座る。

しばし無言。寄ってきた癖に、コルウィルは何も言わない。ため息をつくのみ。

「用があるんだろ?　もったいぶってないでさっさと言えばどうだ?」

「どうだ?」

リリナナが語尾だけ復唱する。面白がっているのだ。

「聞いてくれるか……?　今朝、鳥が拠点にこれを落としていった」

コルウィルは胸ポケットから紙を取り出す。

小さく折り畳まれているが、手紙のようだ。ゆっくりと開き、読み上げ始める。

「『そろそろ、勇者を確保せよ』以上」

「シンプルだな。帝国からの書簡か?」

「あぁ。皇帝陛下直々の……」

コルウィルはまた深いため息をついた。

「王都に強引に攻め入って、勇者を強奪するか？」

「するか？」

リリナナと二人で提案する。

「リザーズが勇者を攫って、帝国が勇者を擁立したらバレバレだろ……!?　全面戦争になりかねない……!!　陛下が望んでおられるのは王国を刺激しつつ、ギリギリで問題にならないところだ！　理想を言えば、前回のように勇者側から捕まりに来て欲しい」

「我儘だ」

「ママだ」

それは違うぞ。リリナナ。

「バンドウ頼む！　上手いことやって勇者を手に入れてくれ！」

コルウィルがさっと頭を下げた。皇帝から直々の書簡で追い込まれているな。

「さっき、リリナナとリザーズの宝物庫に行った時に、珍しい魔道具を見つけた」

コルウィルは「何の話だ？」と訝しむ。

「その魔道具を上手く使えば、面白いことになるかもしれない」

「ない」

いや、可能性はあるんだ。リリナナ。

「頼む！　やってくれ！」

「仕方ない。試してみよう」

「恩に着る！」

コルウィルは何度も礼を重ねる。

「昼飯がさめるぞ。さっさと食べたらどうだ？」

「あぁ、そうだな」

やっとコルウィルはパンに手をつけ、スープを啜り始めた。

さて、頼まれたからにはやるしかない。

「リリナナ、ちょっと出掛けてくる」

「悪だくみ？　一緒行く」

二人同時に席を立った。

《十》神？　のお告げ

「勇者サルタよ。目覚めよ」

ガドル王国王都。黎明亭三階のある部屋。薄暗い中、女の声が響いた。

猿田と呼ばれた男がベッドの上で寝返りを打つ。

「サルタ。さっさと起きろ」

冷たい口調に、猿田はようやく薄目を開ける。上半身を起こして部屋を見回すが、声の主の姿は見えない。猿田はベッドの脇に立て掛けてあった短剣に手を伸ばそうとする。

「安心しろ。敵ではない」

「お前は……誰だ？」

「私はアルマ神」

「神様？　何故俺のところに……？」

猿田は曖昧に視線を泳がせる。どこを見て話せばいいのか、分からないようだ。

「一番見込みのある勇者はサルタ、お前だ。最早、王国が重用する勇者は当てにならない」

神の話を聞いて猿田はだらしなく口元を緩めた。

「へへ。まぁな。草薙や青木が参加したリザーズ討伐隊は失敗したしな」

「その通り。奴等は勇者の面汚しだ」

神が同意したことで、猿田は気分を良くする。

「で、神様は俺に何をして欲しいんだ～？」

「サルタには我がアルマ神国に渡って欲しい。そして神国の勇者として魔王討伐に挑むのだ」

猿田は急に顔色を変えた。不安なのか、落ち着きがなくなる。

「えっ、いや……。その、俺が一人でやるの？」

「サルタなら出来る」

「エミーリアちゃんとかにも内緒で？」

「当然だ。あやつはサルタの実力を見抜けぬ愚か者。放っておけ」

猿田は神妙な顔で頷（うなず）く。

「やってくれるか？」

「でもなぁ～監視が厳しいからなぁ」

「いや～残念だな～」とわざとらしく何度も唸（うな）った。

「テーブルを見ろ」

神の声に釣られ、猿田はサイドテーブルに目をやる。懐中時計があった。

「なんだこれ？」

猿田はそれを指でつまみ、不思議そうに見つめる。

「それは伝説の魔道具。上のボタンを押すと、一日だけ姿を消すことが出来る」

「姿を消せる……？」

「そう。明日、魔道具を使って王都の外に出てくるのだ。そして、街道に停（と）まっている神の馬車に乗れ。アルマ神国の国章が描いてあるから分かるはずだ」

「いや、でも……」

「アルマ神国に行けば、唯一の勇者としてモテモテだぞ。神都に着いた途端、美女に囲まれること間違いなし。毎日、違う女と遊べる」

猿田は唾を飲み込み、喉を鳴らした。

「モテモテ……。毎日違う女……」

「どんな美女も思いのままだ。猿田は知らぬかもしれんが、神都はこの大陸で一番、女性が多い。はっきり言って男不足なのだ」

「よし……!!　神国に渡って俺が魔王を倒してやる……!!」

拳を握り、神に向かってアピールを続ける。

「その意気だ。頼んだぞ」

それっきり、神の声は聞こえなくなった。

「おっ、青木。それに、草薙と三浦も。やっと部屋から出られるようになったのか？」
黎明亭の食堂に猿田の厭味ったらしい声が響いた。隅っこのテーブルに座る三人を目ざとく見つけたのだ。猿田は嬉しそうにツカツカと食堂の端まで歩き、わざわざ青木達の隣

のテーブルについた。

「もう心の傷は癒えたのか～」

猿田はヘラヘラと馬鹿にするように三人に尋ねた。

青木が肩を怒らせ立ち上がろうとするが、草薙が必死に止める。

「おいおい。怒るなよ～。俺は心配していたんだぜ～」

「猿田君に心配される筋合いはないわ！」

三浦がキッと睨みつけた。しかし猿田は怯まない。

「クラスメイトだし、同じ勇者同士だろ？」

「一緒にしないでよ。猿田君はヘラヘラしているだけじゃない。訓練だって不真面目だし」

「そうだ！　勇者の面汚しめ！」

三浦と青木の発言を聞いて、「待ってました」と猿田は笑う。

「勇者の面汚しはお前達だろ!!　あれだけ自信満々だったのに、リザーズにあっけなく敗走させられやがって。よくも戻って来られたよな？　俺なら恥ずかしくて無理だね。マジ無理～」

「猿田、やめろ！」

草薙が威圧する。がしかし、通じない。

猿田は相変わらずヘラヘラしたままで、「うひょ～怖えぇ」とおどける。

「草薙もさぁ～壮行会で【ホーリーライト！】とかやって恰好つけてたじゃん？　あれ、超きつかったよな～」

猿田は近くに立つ侍女達に同意を求める。間に挟まれた侍女達は無言で顔を伏せた。

「確かにリザーズ討伐隊は敗走した。しかし、参加したメンバーが弱かったわけじゃない。リザーズが狡猾だったんだ。それに、頭領のコルウィルはS級冒険者だって退けるほどの強者だ」

怒りに震えながら草薙は語る。

「リザーズの頭領、最近巷で盗賊王って呼ばれてる奴だっけ？　だっせえネーミングだよな～。そんなのに負けた奴等はもっとだせーけど」

ヘラヘラと笑う猿田を三人は充血した瞳で睨み付ける。

「まぁ、お前らはその辺の盗賊団とチマチマやってるのがお似合いだよ。俺は――」

猿田は右手を上げ、人差し指で天を差す。

「――神様に選ばれちゃったからな～。先に行くぜ」

意味が分からず呆然とする三人を尻目に、猿田は運ばれてきた朝食を侍女から受け取る。

そして機嫌良く食事を始めた。

《十一》猿田がやって来た

知らせを受けて拠点のターミナルでリリナナと待っていると、森の入り口と繋がっている方の地下通路から、馬車が並足でやってきた。いつもと違い、黒い帽子にオーバーコート姿のチェケが御者を気取って巧みに馬車を操っている。

チェケは俺を見るなり、ニヤリと笑って停車した。華麗に御者台から飛び降りると、咳払いを一つしてから客室の扉をノックする。

「勇者様。本日の宿に着きました」

「……ん。ご苦労」

中から眠たそうな声がする。しばらくすると客室の扉が開いて猿田が降りてきた。

「げっ！　番藤……!?　何故お前が……!?」

「勇者猿田よ。リザーズの拠点にようこそ」

俺の言葉を合図にして、短剣を手にしたコルウィルが姿を現した。

キラリと光る刃に、猿田は腰を抜かしてへなへなと地面に座り込む。

「お、俺は……神様に言われて……アルマ神国の勇者になるはずだったのに……」

命を取られると思ったのか、猿田の頬に涙が伝う。

「あれは私。『勇者サルタ。目覚めよ』」

リリナナの声に猿田の瞳から光が失われた。

「お前は担がれたんだよ。透明になれる魔道具がこの世に一つだけとは限らないだろ？」

「そんなぁ～」

猿田は更に項垂れる。そして一呼吸して、まだ涙の残る瞳で俺達を見上げた。

「頼む！　なんでもするから俺を殺さないでくれ！　実は俺、盗賊王コルウィルに憧れていたんだ！」

「盗賊王コルウィル？」

なんだそれは？

「コルウィル。お前、いつから王を名乗っているんだ？」

「いや、知らん」

コルウィルは手を振って無実をアピールする。

「猿田。詳しく教えてくれ」

「Ｓ級冒険者ベリンガムを撃退したコルウィルさんは、最近王都で盗賊王と呼ばれているんだけど？」

リリナナのアリバイ作りがまさかこんな方向に転ぶとは。

「これは面白いな。このまま行こう」

「勘弁してくれ！」

俺とコルウィルのやり取りを、猿田は不思議そうに眺めている。

「なぁ、俺はどうなるんだ？」

「猿田にはアルマ神国ではなく、帝国に渡ってもらう」

「俺は殺されないのか？」

「安心しろ。お前は帝国の勇者となる。王国の勇者、猿田を名乗るのは今日で最後だ。新しい名前を考えておけ」

「改名ぐらいなら、いくらでもやってやるぜ～」

急に元気になった猿田は立ち上がり、拳を握る。切り替えの早い奴だ。

「チェケ。猿田を連れていけ。替えの装備を用意してあるから、明日からはそちらを使え」

「用意周到だな～。恐ろしい奴だぜ。番藤はよ～」

軽口を叩きながら、猿田とチェケはターミナルを後にした。急に静かになる。

「バンドウ。あいつ、本当に勇者なのか？」

コルウィルが不安気な声を上げた。

「称号が【勇者】なのは間違いない」

「あいつを勇者として陛下に紹介するのかぁ……」

先のことを考えてげんなりしている。

「大丈夫だ。奴はお膳立てさえすれば、調子に乗ってそれなりに振る舞う。重要なのはプロデュース力だ」

「俺には分からん……。バンドウ任せたぞ」

翌日、俺達の前に現れた猿田は「ザルトゥ」と名乗った。猿田とザルツ帝国から取ったらしい。たった一晩で帝国に魂を売った変わり身の早さに、コルウィルは震えていた。

《十二》帝国へ

勇者ザルトゥを確保してから二週間ほどして、リザーズ拠点と帝国領を繋ぐ地下通路が完成した。地下通路を進むと大陸を二分する山脈を突っ切り、帝国領南部の大都市フェーンの近くで地上に出る。

出口付近には既に帝国兵が配備されていて、物々しい雰囲気だった。帝国からしてみれば、地下通路を落とされれば王国側から一気に攻め込まれるリスクがある。まだその存在を知られていないとはいえ、厳重な警備を敷くのは当然と思えた。

コルウィルを先頭にして外に出ると、帝国兵がピシッと姿勢を正し、軍隊式の敬礼をした。コルウィルはオオトカゲに乗ったまま敬礼を返す。帝国軍の中で位が上なのかもしれない。

俺とリリナナ、鮫島(さめじま)と田川(たがわ)の乗ったオオトカゲが続く。

帝国兵達は敬礼を維持しながら、好奇の視線を向ける。黒髪黒目が珍しいからだろう。

そして最後にチェケとザルトゥが地下通路を抜けた。

意外なことに、ザルトゥは帝国行きに乗り気だ。「王国側だと沢山いる勇者の一人だけど、帝国に渡ればオンリーワンの勇者になれるからな～」という理由らしい。

つまり、ザルトゥを帝国側に引き入れるのに、あれこれ策を弄する必要はなかったのだ。

今更だが……。

「今日は予定通りフェーンの宿に泊まる。そこから馬車で十日ほど行くと、帝都ハインドルフだ」

コルウィルは並走する俺とリリナナに説明する。

「オオトカゲではないのか？」

「オオトカゲの生息地は帝国の南側だ。ここより北は気温が低い。動きが悪くなるし、体の負担もでかくなる。こいつら、しばらくフェーンの厩舎(きゅうしゃ)で留守番だ」

そう言ってコルウィルはオオトカゲを撫(な)でる。

なるほど。帝国領が神の加護のない厳しい土地だというのは本当らしい。

フェーンの街に入るとコルウィルは帝国軍の厩舎に向かい、オオトカゲを預けた。

そこからは徒歩で宿へと向かう。

「おい、番藤！　ジロジロと見られているな！」

何故か嬉しそうな鮫島。その様子を見て田川が嫌そうにしている。

「黒髪黒目の人間が集団で歩いているからな。そりゃ、珍しいのだろ」

「なんか有名人になった気分だぜ！」

「鮫島君……。恥ずかしいから本当にやめてよ……」

「えっ？　なんで恥ずかしいんだ？　見られたら嬉しいだろ？」

田川はため息をつく。

「違うよ。見られて嬉しそうにしているのが、恥ずかしいの！」

もちろん、鮫島にそんなことを言っても伝わらない。終始一人で盛り上がっていた。

「食事は宿でとる。夕食の時間になったら集まってくれ」

宿の受付で一度解散となり、各々の部屋へと向かう。チェケとザルトゥ以外は個室だが、リリナナは当然のように俺に付いて来た。鍵を開けるとベッドと小さなテーブルがあるだけの簡素な一人部屋だった。普通の宿に泊まるのは、この世界に召喚された初日以来だ。

あの日も結局、宿のベッドで寝ることはなかったのだけど……。

「バンドウ。嬉しそう」

「あぁ。窓のある部屋で寝るのは久しぶりだからな」

思えば、怒濤（どとう）の日々だった。まだこちらに来て一年も経（た）っていないのに、人生の半分以上を過ごしたような気分にさえなる。

「どした？」

リリナナが俺の服を引っ張り、キョトンとした顔で見上げている。

「いや、腹が減っただけ」

「ん。食堂行こ」

無造作にリュックを床に下ろし、二人で食堂へと向かった。


食堂に入ると既に鮫島と田川、チェケとザルトゥが同じテーブルについていた。鮫島が「こっちこっち」と大きく手を振る。

四人は既に食事を始めていた。リザーズの拠点でよく食べるようなパンとスープのセットだ。少しすると給仕の女が俺とリリナナの分を運んで来る。

「酒はいるかい？」

「いや。遠慮しておく」

そう返すと、女は直（す）ぐに興味をなくしたようで他のテーブルの食器を下げ始めた。

「番藤、食べてみろよ」

珍しく鮫島が声を潜める。

「うん？　何かあるのか？」

「食べれば分かる」

先ずはスープを一口。味が薄い。具も少ない。パンをちぎって口に入れると風味が弱い。

「美味くはないな」

俺の言葉にチェケは申し訳なさそうに言う。

「帝国領の土地は痩せていますからね。食べ物は圧倒的にガドル王国の方が美味いです。まぁ、一番美味いのはアルマ神国らしいですがね。つまり、アルマ神の加護の力ってやつ」

それを聞いてザルトゥは顔を顰めた。

「あっ、安心してくださいね！　帝都のハインドルフには王国や神国、それに別の大陸からの食材が集まってくるので！　美味しいものが食べられますから！」

チェケは声が大きくなり、給仕の女に睨まれる。味について言及しない方が良さそうだ。

しょんぼりした空気で食事を進めていると、コルウィルが現れて同じテーブルについた。

何か仕事をしていたようで、酷く疲れた顔をしている。給仕の女から夕食を受け取ると、
コルウィルはパンをスープに浸して大口で平らげる。味わうつもりは全くなさそうだ。

「上から知らせがあった」

そのせいで表情が暗いのか。

「俺達が帝都に入ると、そのまま勇者お披露目のパレードを行うらしい」

ザルトゥが大きく目を見開いて反応する。驚きと喜びが入り混じった表情だ。

「素顔を晒しちゃうのか～」

「いや……これを……」

コルウィルは腰のポーチから何かを取り出し、テーブルに置く。

「口と鼻を覆うマスクだ。ザルトゥにはこれを着けて馬車の荷台に乗ってもらう」

ザルトゥがコルウィルから受け取り、広げる。黒い革製のマスクは、鼻と口をしっかりと覆い隠せるようになっている。

「なるほど。これならば黒髪黒目はアピール出来るな」

「あぁ。『しっかりと帝国民に向けて手を振るように』とのお達しだ」

「勇者の紋様も見せるってことか」

「そうだ。帝国が本物の勇者を擁立したと示さねばならない」

俺とコルウィルが話している間、他のメンバーは興味なさそうだった。

どうやらあまり状況を理解していないようだ。ザルトゥは黒いマスクを何度も着けたり外したりしているし、鮫島はパンとスープをお代わりしてまた食べている。

「コルウィルさんよー。結局、俺はどーすればいいんだ？　暴れる？」

「暴れるわけないだろ。パレードで目立つのはザルトゥだけだ！　あとのメンバーは馬車の客室で大人しくしていろ！」

コルウィルに窘められ、鮫島は「ちぇっ」と舌打ちをする。

「しかし、普通にザルトゥが手を振るだけでは地味ではないか？　どうせやるなら王国と神国を驚かせるような演出が必要だろ？　それと、民に分かりやすいコンセプトも」

コルウィルが額に汗を浮かべる。

「バンドウ。リリナナさん。これから向かうのはザルツ帝国の帝都だ。王国みたいに好き勝手は出来ない……」

「コルウィルはすぐに諦める。悪い癖だ」

「うるさい！　帝都で無茶苦茶したら俺の首が飛ぶから!!」

コルウィルが腰を浮かせて怒鳴ると、給仕の女がキッと睨んだ。

「他のお客さんの迷惑を考えろよ？」

「バンドウは帝国全体の迷惑を考えてくれよ……。頼む……」

意気消沈したコルウィルは力なく席を立ち、トボトボと歩き食堂を後にした。

どこか、諦めたような雰囲気がある。

「さて……。パレードについてはコルウィルから許可が出たのでド派手に行きたいと思う」

「えっ……!?　今の会話で許可出たの？」

　田川が眼鏡の奥の瞳を丸くした。

「コルウィルの言葉の裏には『帝国の不利益にならなければ問題ない』という思いが隠されていた。俺はそれを汲み取り、行動するだけだ」

「流石だな！　番藤！」

「やるぅ～」

　鮫島とザルトゥが囃し立てる。チェケは少しだけ気まずそうだ。

「リリナナ。力を借りたい」

「ん。いいよ」

「ザルトゥ。これからしばらく、厳しく指導するからな」

「えぇ～。まじかよ～」

　ザルトゥは髪の毛を弄りながら面倒臭そうに言う。

「目立つ為だ。我慢しろ」

「仕方ねぇなぁ～」

　作戦会議は夜遅くまで続いた。

《十三》蘇った勇者

ザルツ帝国の帝都ハインドルフはある噂で持ち切りだった。家だろうと酒場だろうと、酒に酔った人々は同じ話ばかりを口にする。

それは「勇者」に関する話題だった。しかし、ガドル王国が召喚した勇者ではない。遥か昔、魔王によって南の山脈に封印されていたという太古の勇者のことだ。

帝国軍の活躍によって封が解かれ、勇者は蘇った。そして、帝都を目指して北上を続けているという。皇帝ガリウスに忠誠を誓う為に……。

風の強い日だった。雲が厚く、昼間にもかかわらず薄暗く感じる。

帝都の城壁に建てられた物見塔の最上階。ある兵士が遠見の魔道具で南方を覗いていた。

蘇った太古の勇者がもう直ぐ帝都に現れると報告を受けていたからだ。

「なんだ……あれは……!?」

勇者は一人のはずだ。しかし兵士の視界には旅団にも匹敵するような隊列が映っていた。

兵士は慌てて物見塔を駆け下り、詰所に入って十人長に報告する。話を聞いた十人長も慌てて百人長を捜し回り、やっとその姿を城壁の傍で見つけて駆け寄った。息も絶え絶えになりながら、南から迫ってくる軍勢について身振り手振りを交えながら伝える。

「報告ご苦労であった」

百人長は簡単に返事を済ませた。十人長は拍子抜けしてしまう。

「あの……。驚かれないのですか……?」

「既に上から伝達があった。その軍勢は蘇った勇者で間違いないそうだ」

「千を優に超えているという話なのに……」

十人長は納得のいかない様子だが、百人長からそれ以上言葉はない。

「失礼いたします」と言って踵を返し、詰所に戻って部下を集めた。十人長は低い声を出す。

「この後、何かが起こるぞ。気を引き締めろ」と。

先頭はプレートアーマーにその身を包んだ騎士だった。腰に剣を携え悠然と歩く。

その後ろは巨大な盾を両手に持つ巨人だ。眼に生気はないが、その巨体は力強く進む。

そのまた後ろにはローブを纏った髑髏が見える。眼窩の眼球は抜け落ち、代わりに青白い炎が灯っている。

恰好も種族もてんでバラバラだが、不思議な一体感を持ちながら進み続ける軍勢は、もう間もなく帝都ハインドルフの城門に達しようとしていた。

「門を開けぇぇ!!」

城壁から声がして、黒鉄の門が地響きと共に開かれる。帝都を南北に貫く大通りには、太古の勇者の姿を一目見ようと、大観衆が集まっていた。しかし、城門をくぐる軍勢の異様さに言葉を失う。無言で進む勇者軍と目を見開いて呆然とする観衆。ただ、足音だけが響く。

大通りの丁度真ん中にある大広場に達すると、勇者の軍勢はぴたりと足を止めた。直立不動となり、観衆は何事かと息を殺して見守る。

軍勢の中から馬に乗った男が出てきた。馬は青白い肌に赤い眼をして、凍るような息を吐いている。男は真っ黒な鎧に身を包み、口元には同じく黒いマスクがある。

そして何より、黒髪黒目であった。

観衆の視線が男に集まる。皆、期待していたのだ。勇者の登場を。

「我が名はザルトゥ!!　千年の時を経て現代に蘇った勇者だ……!!」

それまでの静寂が嘘のようにどっと歓声が沸き起こる。

「我はかつての魔王の奸計により、南の山脈に封印された。ここにいる仲間達と……!!」

勇者の軍勢が一斉に勇者ザルトゥに向く。

「千年の時は彼らの命を削った。今、見えているのは魂の残滓」

プレートアーマーの騎士から、ローブを纏った髑髏から、盾を持つ巨人から。千を超える軍勢の全てから、小さな光の球が浮かび上がる。それはしばし中空を漂うと、天に向かって一斉に昇っていく。帝都の誰もが空を見上げた。

「もう。彼等はいない……」

ザルトゥの言葉は観衆を現実へと引き戻す。勇者に率いられていた全ての者達の身体が徐々におぼろげになっていく。

「消えた……」

一人の観客の声は、その場にいる全ての人を代表していた。幻だったのかと、誰も彼もが自分の目を疑う。勇者の軍勢は姿を消し、ザルトゥとその騎馬を残すのみ。

ザルトゥは下馬すると、馬の体を優しく撫でた。光の球が一つ現れ、フワフワと天を目指す。頬を伝う涙。ザルトゥの騎馬もまた、跡形もなく消え去る。

「我は誓う！　仲間達の願いを背負い、魔王に打ち勝つことを！　我は誓う！　皇帝ガリウスに忠義を尽くすことを!!　我は誓う！　ザルツ帝国を繁栄へと導くことを……!!」

太古の勇者の慟哭は観衆の心を揺さぶった。あちこちですすり泣く声が聞こえる。

ザルトゥは空を見つめた後、一人大通りの先に聳え立つ帝城に向けて歩き出した。

《十四》エミーリアの驚き

「エミーリア様！　大変です！」

宰相がノックもせずにエミーリアの執務室を開けた。

部屋の中にいた護衛の近衛騎士が一瞬、腰の短剣に手を当てる。

「どうしたの？　ガドル王国の宰相ともあろう者がそんなに慌てて」

「……失礼しました。しかし、それほどの事態が起きたのです」

話を聞く前からエミーリアは顔を顰めた。ここのところ、物事が上手くいった例しがない。リザーズ討伐隊の失敗以来、何もいいことがない。いや、勇者召喚の儀からずっと歯車が狂い続けているのだ。

「聞きたくないわ」

「エミーリア様。お気持ちは分かりますが、重要な話なのです」

軽く目を瞑ったあと、エミーリアは諦めたように言う。

「分かったわ。言って頂戴。ノックを忘れるほどの事態とは、何？」

「ザルツ帝国が……勇者を擁立しました」

「面白い冗談ね。勇者召喚魔法が帝国に漏れたとでも言うの？」

「人払いを……」と宰相。エミーリアが目配せをすると、近衛騎士は部屋の外に出た。

「帝国は帝都で勇者歓迎パレードを行いました。勇者は一人。黒いマスクを着けていたそうです」

「マスク？　偽物勇者じゃないの？」

「いえ……。マスクは鼻と口を覆っていただけで、帝国の勇者は黒髪黒目でした。それに、右手には勇者の紋様があったそうです」

　エミーリアは少し考える。

「帝国は何と言って勇者を民に紹介したの？」

「太古の勇者が蘇った。千年前に魔王に封印された勇者軍を帝国が解放した。と」

「勇者軍？　そんな話、聞いたことないわ……。本当なの？」

「勇者は千の軍勢を率いて帝都の城門を潜り、そこで力尽きた仲間達は光になって天に昇ったそうです。最後は勇者が一人、帝城に向かったと。これは何人も証言者がいます」

「太古の勇者は皇帝に忠誠を誓ったということ？」

「そうです」

「もう……なんなのよ……」

　両手で髪をクシャクシャにしてエミーリアは唸る。

「それと、訓練中に行方不明になっていた勇者サルタの件ですが……」

「見つかったの？」

「見つかりはしましたが、生きてはおりませんでした。ホーンラビットの巣の中で食い荒らされた遺体が発見されました。持ち物から、サルタで間違いありません。他の勇者達も断言しています」

「王都周辺の魔物に倒されるなんて……。情けない勇者もいたものね。全く惜しくないわ」

「同感です」と宰相は頷く。

「失った勇者のことは忘れて、これからどうするべきかを考えましょう。一手間違えば、取返しがつかないことになる……」

「おっしゃる通り。もし、アルマ神国の聖女が帝国の勇者を選ぶようなことになれば……」

「我が国はアルマ神の加護を失い、土地が痩せ細ることになるわ……」

エミーリアと宰相は二人して額に汗を浮かべる。

「アルマ神国の聖女はどうなっているの？」

「まだ何の情報もありません」

「もう、待っているだけでは駄目かもしれないわ」

「と、申しますと？」

「勇者を神国に派遣してアルマ神教に圧力を掛けるのよ！　そして帝国の勇者よりも早く、聖女と繋がりを作る！」

エミーリアはピシャリと言い放つ。

「しかし、我が国の勇者はまだレベルが低いです。万が一失うことになると……」

「何も勇者全員を神国に派遣しろとは言わないわ。送るとすれば……そうね。前回失敗した三人がいいかしら」

「クサナギとアオキ、ミウラですか。流石に三人だけでは心許ないです。近衛騎士のヴィニシウスも付けましょうか？」

「いいわね。彼にも名誉挽回の機会を与えましょう。何かあって失っても惜しくないし」

エミーリアは醜く口元を歪めて笑った。宰相もそれに続く。

「では、早速準備して頂戴。神国遠征隊を」

「はっ！　お任せください！」

エミーリアは宰相の後ろ姿を期待を込めて見つめていた。次は上手くいくはずだと……。

《十五》第六十三回　冒険者会議　議事録

冒険者：ザルツ帝国が擁立した勇者の情報を募りたい。太古の勇者らしいが。
冒険者：現在、三つの説がある。一つは、本当に大昔、封印された勇者がいた。
冒険者：もう一つは、リザーズの召喚者が偽物勇者を演じている。
冒険者：最後は、王国の勇者が帝国に亡命した……。

冒険者：あぁ確か、ずっと行方不明の勇者がいるんだったな。
冒険者：その勇者は先日、死亡が確認された。
冒険者：となると、一つ目か二つ目の説になるな。
冒険者：偽物勇者ならいいが、本物の勇者ならば大変なことになるぞ……。
冒険者：帝国と王国で聖女の奪い合いになる……。
冒険者：そうだ。聖女と勇者が合わさって初めて魔王討伐が可能だからな。
冒険者：しかしまだアルマ神国は聖女を擁立出来ていない。
冒険者：遅すぎる。何か事情がありそうだな。
冒険者：過去には神託によって選ばれた聖女がまだ母親の胎の中だったこともある。
冒険者：まだ生まれていないということか。
冒険者：ベリンガムのリザーズ討伐失敗の理由は明らかになったのか？
冒険者：ベリンガムからも冒険者ギルドからも依然、情報は出てこない。
冒険者：莫大（ばくだい）な違約金を払ったことは確かだな……。
冒険者：ベリンガムは先日王都を去ったそうだ。
冒険者：盗賊王コルウィルに恐れをなしたか……。
冒険者：コルウィルついて情報は？
冒険者：酒場で聞いた情報だがコルウィルは巨人と人間のハーフで身長が二メル半もある。

冒険者：俺の聞いた話と違うな。コルウィルは実は女エルフで、弓の名手らしい。
冒険者：いや違う。コルウィルはそもそも人ではなくオオトカゲだ。
冒険者：錯綜(さくそう)しているな。一体、何が本当なのやら……。

第四章 真相

episode 04

《一》呼び出し

ザルツ帝国は大陸の北半分を有する強国だ。帝都ハインドルフは広大な領土の丁度真ん中にあり、初めて訪れた者は帝城の威容に圧倒されるという。

コルウィルはその帝城を見上げ、ため息をついた。

「絶対に面倒事だ……」

勇者ザルトゥのパレードがあったのが十日前だ。国同士の計謀が当たり前に廻らされるこの大陸で、帝都にガドル王国とアルマ神国の手先がいないわけがない。

つまり、太古の勇者の話は両国に伝わっている。そろそろ反応があってもおかしくはない。

「勇者絡みだよなぁ……」

コルウィルは皇帝ガリウスの顔を思い浮かべ、渋面を作った。

「このままバックれちまうか……」

そう言いながらも、帝城に向かって一歩踏み出す。

皇帝の前ではどんな抵抗も無駄だと理解しているのだ。

「どうして俺はいつもこうなんだ……」

厄介事を抱え込む人生。平穏無事なんてどこにもない。

背中を丸めて、コルウィルはまた一歩踏み出す。


やがて帝城の正門に達する。水堀に架けられた跳ね橋を渡ると、門兵が槍を構えている。

コルウィルは腰のポーチから折りたたまれた通行証を取り出し、門兵に渡した。

「別に、通してくれなくてもいいぞ？」

門兵は通行証にくまなく目を通し、ニヤリと笑う。

「そんなことしたら我々が陛下から叱責を受けます。コルウィル殿。諦めてください」

「薄情だな。一度ぐらい拒否してくれても罰は当たらないと思うが……」

「ささ。どうぞ」

門兵はさっと身を躱し、通用門を開ける。帝城の冷たい空気が流れた。

「ささ」

「うるせえなぁ」

笑いながら勧める門兵に文句を言って、コルウィルは渋々、帝城に足を踏み入れた。

帝城の中は迷宮と言われるぐらい複雑だ。どこまで行っても似たような通路が続き、等間隔に扉がある。階段を上っても同じ。しっかり数えていないと、自分が何階にいるのかも分からなくなる。それでいて図面を描くことは固く禁じられている。これは勿論、侵入者対策だ。数多の小国を平定してきたザルツ帝国に敵は多い。皇帝は常に命を狙われていると言っても過言ではない。その居城の間取りは最重要機密なのだ。

コルウィルは記憶の中から道順を引っ張り出し、皇帝の間を目指す。

そして何の変哲もない扉の前で立ち止まった。

開くと、前室が現れた。近衛騎士が二人立っている。

「ふう。やっと辿り着いたぜ」

コルウィルは息を吐いた。

「時間ギリギリだぞ？　道に迷っているのではないかと話していたところだ」

近衛騎士は「コルウィルが参りました」と部屋の中に伝える。

「通せ！」と張りのある声が返ってきて、コルウィルはいよいよ覚悟を決めた顔になった。

両開きの扉の向こうには玉座に座った皇帝ガリウスの姿が見える。

一瞬躊躇った後、コルウィルは皇帝の間に足を踏み入れ、ガリウスの前に跪いた。

「よく来たな、コルウィル！　いや、盗賊王よ!!」

ガリウスはケタケタと笑う。

「お戯れはお止めください……」

コルウィルは顔を伏せたまま答える。

「このままでは話し難い！　楽にせよ！」

「はっ！」

ガリウスの言葉でコルウィルは立ち上がり、正対した。その目に映る皇帝の姿はもう五十歳を超えるというのに若々しく、覇気に溢れていた。

「一体、どんな無理難題を押し付けられるのか？　参ったなぁ。困ったなぁ。と顔に出ておるぞ！　コルウィルよ」

「そ、そんなことはございませ――」

「安心しろ！　大した話ではない!!」

コルウィルは顎を引き、警戒を強めた。

「アルマ神国がな、静かなのだ」

「静か……ですか？」

「あぁ、そうだ。帝国が勇者を得て、魔王打倒を誓ったにもかかわらず、神国の奴等は何一つ言ってこないのだ。おかしいと思わないか？　勇者が二国に割れたのに、静観している。公式にも非公式にも全く接触がない」

「それは確かにおかしいですね。聖女が一人しかいない以上、神国はどちらかの国の勇者を選ばざるを得ない。様々な条件を帝国と王国から引き出し、天秤（てんびん）に掛ける好機なのに」

顎に手を当て、考え込む。

「歴史上、異世界の勇者は全てガドル王国に召喚され、ガドル王国に忠誠を誓ってきた。しかし、現在の王家にそのような力はない。先を見通せない愚か者が国政を握っているのだ。神国もそこを見抜いているはず。なのに、何の動きもない」

どう思う？　とガリウス。

「なにかが、神国に起きているのでは……？」

「余もそう考えておる。しかし、神国は守りが固くてな。神都には強力な結界が張られていて侵入は難しい。正面から入るには教会の発行した通行証が必要だ。しかし残念ながら、帝国の力は教会の内部には及んでおらぬ……」

「私に何を――」

「バンドウだ。報告のあったスキル【穴】。何にでも穴をあけてしまうのだったな？」

「しかし、結界に穴をあけられるかどうかは……？」

「試してこい！」

コルウィルは目眩（めまい）で崩れ落ちそうになった。必死に踏み止（とど）まり、なんとか口を開く。

「バンドウは私の配下ではありません。協力者というだけで。それに奴にはリリナナがついております。力で従わせることは出来ません」

「それを説得するのがお前の役目。神都に侵入し、神国で何が起きているのか暴くのだ!!」

身体が震えていた。拒否など出来るわけがない。

「バンドウは……必ず見返りを要求してきます」

「よい！　神都の結界を破り、何が起きているのか詳らかにせよ!!　それが出来た暁には、どんな褒美でも取らせよう！」

「はっ!!」

コルウィルは知っていた。皇帝ガリウスの言葉は絶対だと。

「では早速、バンドウを説得してくるのだ！」

「承知いたしました！　失礼します!!」

ピシッと一礼をして、コルウィルは皇帝の間から姿を消した。

《二》依頼

帝都の中心部に用意された高級宿の一室。無事、勇者ザルトゥの擁立を終えた俺達は久しぶりにゆったりとした時間を過ごしていた。

「そう言えば、リリナナがよく使うプレートアーマーの剣士、あれは誰の屍なんだ？　剣の腕を見ても、ただ者ではないだろ？」

　暇つぶし程度に振った話題だったが、リリナナは尖った耳を赤くして嬉しそうにした。

「ザルツ帝国に潰された国で剣聖と呼ばれていた男」

　なるほど。自慢の一体なのか。

「ローブを被った髑髏の魔法使いは？」

「あれはかつての魔王の側近。アルマ神国の教会の地下に封印されていた。幾つもの魔法を同時に操ることが出来る凄い奴」

　絶対、勝手に持ち出したら駄目だろ……。

「もしかして、次に狙っている屍とかあるのか？　俺以外で」

「幾つかある。バンドウと世界を回って手に入れる。強力な屍を……」

　いつの間にか俺も巻き込まれていた。

「そんな強い駒を揃えて、何をするつもりだ？」

　じっと俺を見つめる。

「仕返ししたい相手がいる……」

　リリナナの瞳が一瞬、憎悪で染まり、すぐに戻った。凍り付いた部屋の空気がとけるまでに、少し時間が掛かった。

「……それなら、このまま帝都にダラダラと滞在している暇はないな。俺も次のアクションを起こそうと考えていたところだ。田川と鮫島に声をかけて今後の方針を相談してくる」

「一緒行く」

部屋を出ようとドアノブに手を掛けた時、外に人の気配を感じた。

異変を察したリリナナが「【現出】」と呟き、プレートアーマー姿の屍が現れた。お気に入りの一体だ。俺達が下がると、入れ替わるようにドアの前に立つ。そして長剣を構え、切っ先をドアに向ける。

「破っ！」

「うぉお!!」

剣の刺さったドアの向こうから聞き慣れた男の声がした。

コルウィルだ。リリナナが屍を操り、ドアを開ける。

「お前ら、危ねぇだろ！」

「不審者に間違われるようなことをするコルウィルが悪い」

「死に値する」

リリナナに言われるとコルウィルは「すみません」と頭を下げた。

「で、何の用だ？」

「ちょっと込み入った話だ。中に入れてくれ」

ズカズカと踏み入ってくると、ドカッと革張りのシングルソファーに腰を下ろす。

俺達もそれに倣い、二人掛けのソファーに座った。

「バンドウ。帝都はもう飽きただろ？　アルマ神国に行ってみないか？」

これは、渡りに船かもしれない。次は神国に足を延ばそうと考えていたところだ。聖女について探る為に……。

「遊びに行くってわけじゃないだろ？　さっさと本題を話せ」

「まぁ、待て。バンドウはアルマ神国についてどこまで知っている？」

「この大陸にある三つの国の一つ。アルマ神教の総本山であり、アルマ神から神託を受け、国を運営している」

「聖女については？」と試すような視線。

「勇者とパーティーを組んで魔王を倒す存在」

「そうだ。聖女は最終的に一人の勇者を選び、魔王に挑む」

「一人を選ぶ意味は？」

「俺も詳しくは知らない。ただ、歴史上はそうやってきたんだ」

隠しているような気配はない。本当に知らないようだ。

「つまり、アルマ神国の聖女は帝国か王国、どちらかの勇者を選ぶってわけだな」

「理解が早くて助かる。ただ現状ではアルマ神国から帝国に対してなんの接触もないんだ。それどころか、聖女選定の話が全く聞こえてこない。何かがおかしい」

「スースー……」

リリナナが寝息を立て始めた。頭が肩に凭れ掛かってくる。

「それで俺に偵察に行ってこいと？」

「神国にはアルマ神の加護による強力な結界術がある。神都には許可された人しか入れない。しかし、バンドウのスキルなら」

「【穴】をあけられるかもしれない――」

「スースースー……」

完全にリリナナが身体を預けてくる。

「報酬は？」

「皇帝ガリウスは、どんな褒美でも取らせる。と約束した」

「本当……!?」と急にリリナナが目を覚ました。

「何か欲しい物があるのか？」

「ある。コレクションに入れたい屍があるの。お願い、バンドウ。アルマ神国行こ!!」

嫌な予感がするな。コルウィルも「しまった！」という顔をしている。

「お願い！　お願い！　お願い!!」

ここまで言うリリナナは珍しい。つい、甘やかしたくなる。

「一体だけだぞ？」

「うん！」

コルウィルが頭を抱えている。

「おい。依頼を受けてやる。感謝しろよ？」

「……痛い。腹が痛い」

今度は腹部を押さえだした。

「よし。荷物をまとめるぞ。準備が整い次第、出発だ」

「うん！」

元気に跳ね回るリリナナとは対照的に、コルウィルは俯いたまま部屋を出て行った。

《三》神都

「どんな街だろうな!?　神都って」

鮫島が声を弾ませる。小学生が旅行にでも来たような表情だ。

「マップで見た感じだと綺麗な円になっているよ。神都は」

半透明のタブレットを見ながら田川が冷静に答える。

鮫島は隣の席から覗き込み、「本当にまんまるだ！」と騒いだ。

「しかし、ずっとこの馬車で向かうのか？　狭くね？」

定員六人の馬車の客室は一人分のスペースが空いているだけだ。つまり五人乗っている。

俺とリリナナ、田川と鮫島。そしてコルウィルだ。

「お前が勝手に付いてきたから狭いんだろ。降りても構わんぞ？」

「んぞ？」

「わ、分かったよ！　もう文句は言わねぇから！　仲間はずれにしないでくれよ！」

元々コルウィルは俺とリリナナの二人を連れて神都へ侵入するつもりだったらしい。

しかし俺が田川のマップの能力が必要だと説き、メンバーは四人に。そしていざ出発というタイミングで鮫島が「行きたい！」と言い出したのだ。ヤンキーは寂しがり屋である。

「この馬、速すぎないか？」

客室の窓から線になって流れる風景を見ながら、鮫島は言う。確かに、速い。

オオトカゲが時速二十キロぐらいだと、その倍以上。時速五十キロは出ていそうだ。

「馬と言っても調教された魔物だしね。脚は八本あるし」

鮫島の隣に座る田川がしたり顔で言う。

「帝国全体でも十頭もいないからな。スレイプニルは。それだけ今回の作戦は期待されているのだ。皇帝陛下に……」

コルウィルも窓の外を見ている。どこか遠い目だ。プレッシャーを感じているようだ。

「このペースで行けば、あと何日ぐらいかかりそうだ？」

「うーん。十日もかからないと思うよ？」

出発してから半日で進んだ距離から、田川が大雑把な行程を割り出す。

「ところでコルウィルのおっさん！　アレ、見せてくれよ！」

移り気な鮫島がコロコロと話題を変える。アレとは、今回の作戦用に帝国から貸し出されたマジックポーチのことだろう。空間魔法が仕込まれた魔道具らしく、中に魔石を入れておくと空間が拡張されいくらでもモノが入るらしい。今回のアルマ神国潜入作戦の兵站はこのマジックポーチに掛かっている。

「おもちゃじゃないんだぞ？」

と言いながらも、コルウィルは足元のリュックを引き摺り出す。

口を開けてゴソゴソとやり、紫色の小さなポーチを取り出した。

「ほらよ」

「おぉー！　なんかすげえ！」

鮫島が曖昧な理由でテンションを上げつつ、マジックポーチの中に手を突っ込んだ。

やはり空間が拡張されているらしく、肩まで入れても外見には変化がない。

「頭の中に何かモノを思い浮かべながら、手で摑んでみろ？」

コルウィルが言うと、鮫島は「パン！」と言いながら手をポーチから引き出す。

「おぉ！　本当にパンだ！」

「それが昼食だ。パンと水だけは山ほど入っているから遠慮なく食べていいぞ？」

気に入ったのか、鮫島は何度も「パン！」と叫び、ポーチから取り出しては頬張る。

「サメジマ。貸して」

俺の横に座っていたリリナナが言うと、鮫島は物惜しみしながらポーチを差し出した。

おもむろに受け取り、リリナナのほっそりとした白い腕が袋口に差し込まれる。

「ケーキ」

手応えがあったのか、リリナナが口角を上げた。

引き出された手にはクリームたっぷりのベリーケーキが握られていた。

「なんかずるいぞ！」

「うるさい。ケーキは女子専用。サメジマはパンを食べて」

リリナナからポーチを受け取った田川もケーキを手にしてニコニコしている。

「……いつの間に仕込んだんだよ……。貴族のピクニックじゃないんだぞ……？」

さっきまで深刻な顔をしていたコルウィルが呆れたように言った。

「いいじゃないか。まだ十日近くあるんだぞ？　しばらくは気楽にいこう」

「……まぁ、それもそうだな」

息を吐いたコルウィルは田川からマジックポーチを受け取る。

そして小さな瓶に入った酒を取り出すとチビチビとやり始めるのだった。

十日間の馬車の旅を終え、あと一時間も歩けば神都だ。辺りは緑豊かな草原が広がっており、あちこちに小動物が見える。生命力に溢(あふ)れた豊かな土地だ。

ポツンとあった大木の影に入り、田川のマップをコルウィルと二人で覗き込んでいる。

最適な侵入ルートについて議論中だ。

「適当に地下から侵入すればいいだろ！」

時間を持て余した鮫島の言葉を聞いて、コルウィルがジロリと睨(にら)んだ。

「マップからは地形は分かっても人の動きはまるで分からない。当てずっぽうで建物の中に入ったら、そこは神殿騎士団の詰所だった。なんてこともあり得る」

コルウィルの真面目なトーンに押されて鮫島は黙る。

「リリナナのアンデッドを結界の中に送り込んで、視界を共有するのはどうだ？　小動物の屍(しかばね)ならバレないだろ？」

俺の提案にコルウィルとリリナナが首を振る。

「神国の結界の中は聖なる気で満たされている。小型のアンデッドはたちまち灰になる」

「ドラゴンゾンビで偵察はどうだ……!?」

「それは偵察とは言わない。強襲だ。戦争を始めるつもりか?」

コルウィルが低い声で指摘すると、鮫島(さめじま)がたじろぐ。

「もう少し近づいて、人の流れを観察しよう。教会の通行証を持った人間は出入りしているのだろ? 何か分かるかもしれない」

「しかし、門兵にバレないか?」

「結界の外ならリリナナのアンデッドを飛ばして観察しても問題ないはずだ。地下に簡易的な拠点を造って俺達(たち)はそこに潜んでいれば大丈夫」

コルウィルがすっかり伸びた顎髭(あごひげ)をしごきながら悩む。

「分かった。それでいこう。バンドウ、拠点造りは任せたぞ?」

「あぁ。任せろ」

田川(たがわ)のマップをもう一度覗き込む。

「三十分ほど進んでから地下に潜る。神都の手前三十メートルの地点まで進み、そこを簡易拠点とする。いいな?」

全員が頷(うなず)く。よし。進もう。

急造の地下拠点は十メートル四方の空間で、マジックポーチから取り出した灯りの魔道具に照らされてそれなりに明るい。同じく取り出した椅子を各々が好き勝手に置いてぼんやりとした時間を過ごしていた。

ただ一人、熱心に働いているのは何故か俺の膝の上に座っているリリナナだ。

本人曰く「集中出来る」らしい。天井にあけた直径五センチメートルの穴から虫のアンデッドを飛ばし、視界を共有して神都に出入りする人をじっと観察している。

「全員、頭に布を被ってる」

空間にリリナナの声が響いた。田川と鮫島がコルウィルに視線を送り、説明を求める。

「神都にある中央神殿は地上で最もアルマ神に近い場所と言われている。髪を隠すことによって神への謙遜になるらしい。マジックポーチの中に全員分のベールが入っているはずだ。まぁ、よく分らん慣習だが、潜入時には被るしかない」

「地球にも似たような慣習、ありますよ？」

田川が反応すると、鮫島もそれに乗っかる。

「禿のオッサンがカツラ被ったりするもんな！」

鮫島、不正解だ。

「ん……!!」

突然リリナナが強く反応し、俺の膝の上で身体を震わせた。

「どうした？」

「黒髪黒目の三人組が列の後ろに並ぼうとしてる……」

　どういうことだ？　王国の勇者か……？

「見た目の特徴は？」

「身体が大きくて女にもてなそうな男と真面目そうな男。それにぴったり寄り添う女」

「青木（あおき）と草薙（くさなぎ）、そして三浦（みうら）だな」

「なんで分かるの？」と田川が不思議そうに聞く。分かるだろ。

「コルウィル。どう思う？　王国が勇者を使者として送った可能性はあると思うか？」

「大いにあり得る。帝国が太古の勇者ザルトゥを擁立し、焦ったのだろう。何としてでも先に聖女に接触しようと勇者を派遣したと考えるのが自然だ。ただ、これほど早く手を打ってくるとは……」

　そう語るコルウィルの瞳にも焦燥が見える。想定外だったのだろう。しかし――。

「この状況、使えるな」

「なっ？」「はっ？」「えっ？」「ん」

　リリナナだけが俺の意図を汲（く）み取ってくれたようだ。

「王国側も俺達も、黒目が三人いるだろ？　頭にベールを被って右手に包帯を巻いていれば見分けが付かないはずだ」

「私達が王国の勇者のフリをして潜入するってこと？」

田川が恐る恐る尋ねてきた。

「その通り。田川は明日から眼鏡を外して三浦を名乗ってもらう」

「俺は？」と鮫島が身を乗り出す。

「身長的に青木だな。俺が草薙をやる。リリナナ、王国の勇者に連れはいるか？」

「騎士風の男が一人」

「丁度いい。コルウィルも一緒に来てもらうぞ」

コルウィルが目を見開く。

「リリナナは悪いがここで留守番だ。一応、毎晩戻ってくる想定だ」

「……ん。神国の結界の中は苦手。留守番する」

リリナナは聖なる気が駄目らしい。確かに【屍術師】の称号とは相性が悪い気がする。

「これから暫くの間、俺達はガドル王国の勇者とその従者だ。名前を呼び間違えるなよ？」

「分かったぜ！　番藤！」

全然分かってない。

「俺は草薙だ。分かったか、青木？」

「あっ！　そーいうことか！　完全に理解したぜ！　なっ、田川？」

こいつ、わざとやっているのか？

「私は三浦だよ？」

「あっ！　そうだったな！」と誤魔化しながら笑う鮫島を見て、コルウィルはこめかみを手で押さえた。

《四》神国遠征隊

アルマ神国神都リンネリアは人大陸で最も恵まれた都市だ。城壁の外には都をスッポリと覆う結界があり、その中は聖なる気で満たされている。

そのお陰で人々が病気になることは滅多にない。それどころか死の病に侵された人でも十日も滞在すれば顔色が良くなり、三十日で快癒するという。

また、神都には至るところにアルマ神教が運営する治療院があり、怪我に効く治癒魔法を受けることが出来る。魔物との闘いで負傷した冒険者や騎士が教会に大金を寄進するのは、神都への通行証を発行してもらう為だ。

なので、神都リンネリアには人大陸中から病人や怪我人が集まってくるのだ。各地の教会が発行した通行証を握りしめて。

「ヴィニシウスのおっさん。本当にこの列に並ぶのか？　裏口とかありそうなもんだけど」

最後に馬車から降りた勇者青木が、神都の正門から延々と続く列を見てげっそりとする。

「並んでいる人々の大半が病人や怪我人だ。『治癒魔法を習う』という名目で神都に入る勇者がそれらの人々を飛ばしていいと思うのか？」

近衛騎士ヴィニシウスが冷たい声でいうと、青木は縮こまった。

「そろそろベールを被った方がいいですかね？」

草薙は列の人々を見て、自分のリュックを漁り始めた。

「そんな感じがするよね？　私も被ろう」

三浦も草薙に続く。ヴィニシウスは合図を出して青木にもベールを被るように促した。

三人がアルマ神への謙遜を示したところで、自分もベールを取り出しそれに倣う。

列の最後尾に四人が付くと、近くの冒険者風の男がチラチラと視線を送る。

男は右腕を布で固定していた。どうやら、骨が折れているようだ。

「何か用か？」

「あの、もしかして勇者様ですか……？」

青木の問いに冒険者が反応した。

「そうだ。治癒魔法を習得する為にガドル王国からやってきた」

ヴィニシウスがさっと割り込み、青木に代わって答える。余計なことを言わせない為に。

「治癒魔法って神官以外でも使えるんですね～。流石は勇者様だ」

冒険者は心から驚いたような顔をする。

「勇者は努力次第であらゆる魔法を使えるようになると言われている。もういいか？」

「し、失礼しました……」

冷たい声で返すヴィニシウスに、冒険者はくるりと前を向いた。背中が若干怯えている。

ヴィニシウスは勇者三人の顔をまじまじと見つめ、「いいな？」と三回頷く。

三人はしっかり顎を引き、緊張した顔で頷き返した。

それ以降、四人は一言も無駄口を叩くことなくじっと列が進むのを待ち続けた。

正門の前に辿り着いたのは日が暮れる頃で、神都の中に入った時にはもう完全に夜になっていた。

神都リンネリアに高く聳え立つ中央神殿。アルマ神教の最高指導者である教皇ペルゴリーノは執務室の椅子に浅く座り、うつらうつらと頭を揺らしていた。その顔は疲れ切っていて、目の下には濃い隈がある。窓の外に広がる闇夜と変わらない色をしていた。

「ペルゴリーノ様！」

扉の向こうから呼ぶ声に反応するも動きは緩慢だ。重たい瞼をゆっくりと開くと眼球を回して自分の居る場所を確認する。そしてようやく、身体を起こして深く椅子に腰掛けた。

「何事だ？」

「ガドル王国の勇者の件でご報告が……」

「入れ」

現れたのはローブを身にまとい、ペルゴリーノと同じように頭を剃り上げた司教だった。

息を切らしており、急いでやって来たのが分かる。

「先ほど、王国の勇者三人と従者一名が神都に入りました。現在は宿に向かっております」

「ほぉ。予定より早い到着だったな。帝国が勇者を擁立してから必死になったとみえる。三人の勇者の名前は？」

「アオキ、クサナギ、ミウラの三人です。ミウラだけは女です」

「ふむ。事前の連絡通りだな。どのような印象か聞いたか？」

「はい。アオキは少々ぶっきらぼうで馬鹿な発言が多いそうです。一方のクサナギは冷静。ミウラはクサナギに同調する感じだとか」

「従者は？」

「佇まいから高位の騎士で間違いないかと」

ペルゴリーノは後頭部を撫で、軽く目を瞑りながら思案する。

「明日からは？」

「予定通りグアリッジ治療院で治癒魔法の習得に励むようです」

「表向きは、な」

　また後頭部を撫でるとペルゴリーノは立ち上がり、司教に指示を出す。

「勇者達を昼夜問わず監視しろ。神教の関係者に勇者の特徴を伝え、何かあれば直ぐに報告するように徹底させろ。決して、奴等をこの中央神殿には近づけるなよ？　どんな言いがかりを付けて来ても、きっぱりと跳ね除けるように」

「はっ……！」

　司教は執務室を出ると、バタバタと廊下に足音を響かせて去っていく。一方のペルゴリーノはゆっくりとした足取りで執務室を出る。扉の横には神殿騎士が二人立っていた。

「地下室に行く」

「はっ！」

　二人が返事をし、内一人が歩き始めた。その後にペルゴリーノが続き、もう一人の神殿騎士が殿を守るように歩く。三人は階段を下り、中央神殿の地下深くへと潜っていった。

《五》偽勇者

　まだ夜が明けきらないうちから俺達は神都に潜入することにした。それぞれが頭にベールを被り、しっかり髪の毛を隠す。装備もリリナナが見た王国一行に近いものをマジックポーチの中から選んでいる。勇者役の三人は皮の軽装。コルウィルだけは全身鎧だ。きっと、近衛騎士が従者をやっているのだろう。

「この上でいいのか？」

　地下通路の天井に手を当てたまま、尋ねる。

「うん。大丈夫。一メートル上はもう路地裏だよ」

　今のところ、結界によって行く手を阻まれてはいない。何かあるとすればここからだ。

「よし。【穴】！」

　いつもとは違う反動が手に伝わった。何かに引っ掛かるような……。これが神国の結界か。地下にまで張ってあるとは、随分と厳重だな。奥歯を噛み締め、グッと手に力を入れる。すると、するりと開通するような感覚。

「よし。あいたぞ」

　合図を出すと鮫島が前に出て一度身体を沈め、ふわりと跳び上がった。直径一メートルほどの穴を見上げると、地上に出た鮫島がロープを下ろしている。田川、コルウィル、俺の順番でロープを伝って上がり、さっと【穴】を解除する。

辺りはまだ薄暗い。一部の家庭では朝食の準備を始めているらしく、パンの香りがした。

周囲を見渡すと、裏通りにもかかわらず石畳で舗装されている。建物は全て白塗りの壁で統一されており、王都や帝都と比べても随分と綺麗だ。

「では予定通り、夜が完全に明けるまでは公園で待機。明るくなったら神教関連の施設を回るぞ。決して名前を呼び間違えないように」

「任せておけ！」

鮫島が元気に返事をする。お前が一番心配なんだがなぁ……。


陽が高くなったところで公園から出て神都を歩き始める。すれ違う人はベールを被っているか、頭を剃り上げているか。ここに住むのなら、髪がない方が楽なのだろう。

大通りに出たところで、コルウィルが足を止めて俺に目配せをした。指で差した先にはアルマ神国の国章が掲げられた建物がある。

どうやら病院のようで、腕を布で吊って固定した男や足を引き摺る女が建物の外まで列をなしている。診察まで待たされるのはどこの世界でも同じらしい。

「神教が運営する治療院だな。どうする？」

コルウィルが小声で言った。

「覗いてみよう。神教の関係者の反応がみたい」

一度周囲を見渡した後、コルウィルは小さく頷く。

「よし、行くぞ」

大通りを渡って治療院に行き、列に加わると、患者達が一斉にこちらを向いた。鮫島が威嚇すると、さっと視線を逸らす。黒目だけで勇者だと思われているのだろう。

少し並んでいると、治療院の中から真っ白なローブを着た男が出てきた。患者の列を掻き分けながら進み、慌てた様子で俺達の前に来る。

「あの！　勇者様ですよね？」

「そうだ。ガドル王国からやって来た」

男は一瞬気まずそうな顔になり、恐る恐る口を開く。

「大変申し上げ難いのですが、ここはサニタム治療院です。勇者様達が治癒魔法の修行をなさるのはグアリッジ治療院だったかと……。この神都には治療院が沢山ありますので、外から来られた方はよく間違えてしまいます……」

なるほど。王国が神都に勇者を派遣した表向きの理由は「治癒魔法の習得」なのか。

「間違えてしまったようだ。申し訳ないが、グアリッジ治療院の場所を教えてくれるか？」

「はい。大通りを真っ直ぐ進んだ左側の建物です。同じ旗が立っているので、すぐに分かると思います」

ローブ姿の男はアルマ神国の国章が載った旗を指差す。

「助かった。礼を言う」

「とんでもございません。では……」

男はまた患者の列を掻き分けて治療院へと戻っていった。随分と忙しいらしい。

今の会話で色々と分かったな。一度、状況を整理したい。

「付いてこい」

俺が公園を目指して歩き出すと、鮫島が声を上げた。

「おい！　ば、草薙！　さっき教えてもらった道と違うぞ？」

「いいから黙って付いてこい」

「なんでだよ！」とぶつくさ言っている鮫島を無視して、公園まで戻る。

人目が途切れると、コルウィルはすぐさま口を開いた。

「王国の勇者達は『治癒魔法を習う』という名目で神国へやってきたようだな。少なくとも昼間は動き辛い……」

顎髭をしごきながら顔を歪ませる。

「いや、昼間から積極的に動いて勇者の存在をアピールした方がいい。ガリウスは『神国に何かが起きている』と睨んでいるのだろ？　それは神国内部での対立を想定しているのではないか？」

「……そうだ」

「劣勢な立場の者達にとって、ガドル王国の勇者はどのような存在に映ると思う？」

コルウィルはハッとする。

「……力を貸してくれるかもしれない存在」

「その通り。俺が神国との対立組織に所属しているなら、このチャンスを逃さない。勇者に接触し、なんらかの助力を乞うはずだ」

「ならば俺達はどうする？」

「今日はグアリッジ治療院以外の治療院を一軒一軒回って、勇者が神都に来たことをアピールする。民の間で噂になり始めたところで、適当な隙を作って相手からの接触を待つ」

「……分かった」とコルウィルが言うと、田川と鮫島も頷く。

「もし、尾行されている気配を感じたら『トイレに行きたい』と言ってくれ。路地裏に入って追跡者を確認する」

「なんか楽しくなってきたな！」

「遊びじゃないからね？」

鮫島が張り切り、田川が窘めたところで、作戦は開始した。

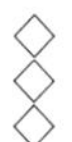

神都に潜入を始めて五日目の朝。いつものように拠点から地下通路を通じ路地裏に出る。

暗い街を足早に移動し、樹々の多い公園に潜んで時間をやり過ごした。

俺達は神都の民に認識され始めていた。「勇者一行」として。

「今日はどうする？　もう教会とか神殿の見学は嫌だぜ？」

そろそろ動き始めようというタイミングで鮫島が口を開く。

「そうだね。ちょっと飽きちゃったかも」

口裏を合わせていたのか、田川も便乗した。

「ならば買い物でもするか？」

ほぼ真円の神都では街を十字に区切るように大通りが延びている。大きく四つの区画に分かれている感じだ。その内の一つ。南西の区画は商会が多く、そこらじゅうに店舗がある。冷やかして回るには最適だ。

「やったぜー！」「やったね！」と二人。コルウィルは「まぁ、いいか」という顔だ。

新鮮な空気を肺に入れながら歩いていると、徐々に人が多くなってきた。

皆同じ方向に向かっているように思える。何かあるのかもしれない。

人の流れに沿って南西の商人区へ足を踏み入れた途端、先の疑問は氷解した。

「朝市だ！」

鮫島は急に大股になって歩き始め、道にずらりと並んだ野菜や果物に瞳を輝かせ始める。

王国でも帝国でも見たことのないモノが多い。屋台も多く、髪のない男がずらりと並んで肉を焼いている。確かに調理する人はベールなんて被っていられないのだろう。

「草薙！　串焼き食べていいか……!?」

今にも涎(よだれ)を垂らさんばかりの鮫島。名前も呼び間違えなかったし、褒美をやろう。

「いいぞ。買ってこい」と腰のポーチから小銭を出して渡す。すると強い視線。田川だ。

「草薙君。私、あのジュース飲みたい」

田川が言っているのは、果物をそのまま搾ってくれる屋台のことだった。

手動ジューサーのレバーを男が下ろすと、果物の果汁が紙コップに流れる。

「仕方がないな」

小銭を渡すと、田川は笑みを浮かべて屋台に並んだ。二人とも普通に朝市を楽しんでいる。

「クサナギ、お前はいらないのか？」

声の方を向くと、コルウィルは流石(さすが)に浮かれていない。人混みをずっと警戒している。

「朝食をとったばかりだしな。それに屋台に浮かれるような歳(とし)ではない」

「あいつ等と同じ歳だろ？　少しは若さを見せてくれ」と呆れる。

串焼きを持った鮫島と生搾りジュースを持った田川が揃ったところで、再び歩き始めた。

朝市に少々飽きてきた頃、鮫島が後ろからぼそり、「トイレに行きたい」と呟いた。

俄かに拍動が速くなり、妙に雑踏の音が遠くなった。ついに、尾行者が現れたのか……？　慎重に行動しなければならない。どこか、脇道に入れる場所を探す。

「私も、トイレに行きたい」

田川まで。二人が気付いたのなら間違いない。露店の切れ目から路地裏に入っていく。

「草薙、違う。これは本当の『トイレに行きたい』なんだ！」

「私も！　これは本当の『トイレに行きたい』なの！　ちょっとお店探してくる！」

そう言って田川と鮫島は走り出した。コルウィルと顔を見合わせた。呆れた表情で。

「さっき食べたやつだな」

「あぁ。間違いない。肉は半焼けで、ジュースは搾り機が汚れていたのだろう」

先ほどの緊張感を返してほしい。

「あの――」

「なんだ？　トイレが借りられなかったのか？」

声の方を向くと、田川と同じぐらいの背丈の女がいた。碧眼がこちらを見上げている。

「えっ、トイレですか……？」

「いや……。こちらの話だ。気にしないでくれ。で、何か用か？」

女は思い詰めたような顔になり、軽く息を吸い込んだ。

「勇者様ですよね？　私の妹を救ってくれませんか……!?」

どうやら、本物の尾行者だったらしい。二人の腹の調子も馬鹿にしたものではないな。

「場所を移そう。が、少しだけ待ってほしい」

「……分かりました」

しばらくして鮫島と田川が戻り、俺達(たち)はいつもの人のいない公園へ移動した。

「本当に『聖女に選ばれたみたい』と言っていたのだな？」

コルウィルの真剣な眼差(まなざ)しと脅すような声に、カロリネと名乗った女は身を固くした。

公園の芝生の上に座る五人。ピクニックに見えるだろう。しかし実際の雰囲気は剣呑(けんのん)だ。

「はい。確かに言いました。そして、その五日後には国章のついた馬車が私達の村にやってきて妹を連れていったのです」

「その使者は何か言っていなかったか？」

尋ねると、カロリネは思い出すようにぽつりぽつりと話し始めた。

「『近いうちに良い知らせが届くだろう』と言っていました。でも、百日以上経ってても何も音沙汰はなく……。段々心配になってきて……。それで、十日ほど前に神都に来たんです。そして、教会に行って妹のことを尋ねたんですけど……」

「相手にされなかった」

「はい……」

女は涙をこぼす。

「中央神殿以外、全ての教会と神殿を回りました。でも、『知らない』の一点張りで……。その後も色んな場所で妹のことを聞いたんですけど……。何も手がかりがなくて……」

「迎えに来た使者が偽者だったんじゃねーか？」

鮫島が珍しくまともなことを言った。しかし穴がある。

「どうやってその偽者の使者は神託の内容を知ったんだ？」

「それは分からないけどよ～」

「それにもし、俺が聖女を狙うなら神都に入るタイミングを狙う。待っていれば確実にやってくるのだから」

コルウィルの眼が鋭くなる。

「しかし、それならば騒ぎになっているはずだ。誰かしら覚えていそうなものだが……」

確かに、コルウィルの言うことにも一理ある。

国章を付けた馬車が襲われたとなると、大事件のはずだ。

ここで、ずっとマップを見ながら考え事をしていた田川が急に口を開いた。

「神都ってこの世界では他にないぐらい入るのが難しいよね。ってことは、出入りの記録も残しているんじゃない？　先ずは妹さんがこの神都に入ったかどうかを確認した方がよさそう」

なるほど。通行証の内容を検め、管理している可能性は十分にあるな。

「妹の名前と特徴を教えてくれ」

カロリネは俺の眼をしっかりと見つめた。託すように。

「名前はドロテアです。赤毛にブラウンアイで、私と同じ腕輪を着けています。お願いします……。妹は唯一の肉親なんです」

「出来る限り協力する」

俺達はカロリネが泊まる宿の名前を聞き、その日は一度拠点に引き上げることにした。

《六》　教皇の憂鬱

アルマ神教の教皇ペルゴリーノは執務室の机に向かって座り、司教からの報告を延々と聞き続けていた。教皇の眼の周りは深く落ちくぼみ、死んだように顔色は悪かった。疲労の一言では済ませられない、何かがその身に起きているようだ。

「次はガドル王国の勇者についてです。彼らは予定通りグアリッジ治療院で治癒魔法の習得に励んでいるようです。一日中監視を付けていますが、今のところ変わった動きはないと報告が来ています。ただ……」

「ただ？」

ペルゴリーノがピクリと頬を揺らした。

「神都のあちこちから勇者一行の目撃情報が上がって来ています」

「……ん？　どういうことだ？　一日中、監視は付いているのだろ？」

「はい。間違いなく付いております。彼らは一日の大半を治療院で過ごしております」

「分からんな。まるで勇者が二手に分かれて行動しているようではないか……」

後頭部を撫でながら、ペルゴリーノは唸る。

「いかがいたしましょうか？」

「神都内の警邏の数を倍に増やせ。もしグアリッジ治療院と宿の周辺以外で勇者一行を見付けたら、迷わず連行しろと伝え――」

ペルゴリーノの言葉を遮るように、扉が叩かれる。

「なんだ？」

「衛兵長が参りました！」

「通せ」

許可を出すと、軽装の兵士が息も絶え絶えに執務室に転がりこんできた。

「正門が……襲われました！」

「なんだと？　結界が破られたというのか……!?」

ペルゴリーノは立ち上がり、衛兵長を怒鳴りつける。

「いえ。神都の中から襲撃がありました。覆面をつけた男が赤い光を纏いながらメイスを振り回し、三十もの衛兵をなぎ倒して詰所を無茶苦茶に……」

「被害は？」

司教が尋ねる。

「幸い、怪我人だけで死者はおりません。後は通行証の管理台帳が奪われたぐらいです」

「なぜそんなものを？」と司教が首を傾げる。

「それは襲撃者の通行証の写しが管理されていたからだろう。内部からの犯行なのだから」

「ということは、これからも犯行が続くと？」

「恐らく、そうなるだろうな。今回の一件は始まりに過ぎないだろう」

皆、一様に表情を暗くした。

「念の為、事件発生時に勇者一行が何をしていたか聞き取りをしておけ」

「はっ！」と返事をして衛兵長は執務室から出て行った。

ペルゴリーノは気が抜けたように椅子に腰を下ろし、背もたれに身体を委ねた。

「全く、碌でもないことばかり起きる。アルマ神の加護はどうなっているのだ」

「ペルゴリーノ様……。それは……」

司教が気まずそうに言う。

「分かっておる。冗談だ。さて、続きをやろう」

合図を受け、司教はまた報告を再開した。

外壁で円を描く神都を十字に四等分した北西。

神教関係者が多く住む地区の、ある高級宿に勇者一行は腰を据えていた。昼間はグアリッジ治療院で治癒魔法の基礎を学び、夜は真っ直ぐ宿に帰る。夕食も当然、宿の食堂だ。

当面は大人しく過ごして神国の信頼を得る。聖女について探るのはもう少し経ってから。

これは近衛騎士ヴィニシウスの考えで、勇者達も賛成していた。しかし——。

「何故俺達を疑うんだよ！　その時間はこの宿にいたって言っているだろ!?」

青木が声を荒らげると、食堂の他の客が顔を顰めた。

「いえ……。疑っているわけでは……。ただ、確認しているだけです……」

二人組の衛兵はしどろもどろになってしまう。

「アオキの言った通りだ。俺達は正門になんて近づいていない。それに、赤い光を纏った男だったのだろ？　普通に考えればそれは狂戦士の【狂化】のスキルだ」

ヴィニシウスが低い声で言うと、衛兵は控え目に反論する。

「勇者様は努力次第でどのようなスキルでも習得出来ると……」

「あんな野蛮なスキル、努力して習得しようなんて思いません！」

三浦が眉を吊り上げた。

「じ、実は……。神都の様々な場所で勇者様の目撃情報がありまして……。それでちょっと……なんというか、疑われている状態でして……」

「それはあり得ません。俺達は治療院と宿の往復のみです。観光にも出掛けていません。『勇者を見た』という噂が一人歩きしているだけではないですか？　実際、少し外にいるだけでも声を掛けられますし。きっと、神都の方達は話題に飢えているのですよ。『勇者を見た』と話すだけでも、酒の席は盛り上がるでしょう？」

草薙は諭すように衛兵に語った。

「そうかもしれません……」と恐縮し、二人の衛兵は頭を下げて食堂から出ていった。

まだ不機嫌な顔をした青木が皿から肉をひったくるように取り、ガツガツ嚙み締める。

「青木。そんなに怒るなよ。向こうだって悪気はないんだから」

「そうよ。衛兵さん、緊張しちゃってたじゃない？　勇者の評判下がっちゃうわよ？」

自分のことには触れず、三浦は草薙に同調した。

「しかし、物騒な流れだな。神都はこの大陸で一番治安がいいと聞いていたのだが……」

先に食事を終えて紅茶を飲んでいたヴィニシウスが落ち着いた声で話した。

「何かが起こる前触れ……ですかね？」

「聖女に関わる何かが水面下で動いているのかもしれない。我々も注意しておくべきだな」

「はい」と草薙は表情を引き締めた。

《七》聖女の行方

神都正門から少し離れた地下にある仮拠点。

鮫島は頭に被っていたベールを脱ぎ捨て、水筒に入った水をがぶがぶと飲んでいた。

「ぷはぁ～。疲れた！」

「よくやった。鮫島」

「俺の雄姿を皆に見せたかったぜ！」

鮫島が得意げに言うと、俺の膝の上に陣取っていたリリナナが反応した。

「見てた。危なかった」

リリナナは結界の外からアンデッドの視界を通して鮫島の戦いを見ていたのだろう。

実際、結構斬られたようだ。渡していた上級ポーションは全て空で返ってきたのだから。

「ちゃんと目的は果たしたんだから、問題ないだろ！」

唇を尖らせる鮫島の手には分厚い冊子が握られている。通行証の管理台帳だ。

「ほらよ！」

鮫島はコルウィルに投げて渡す。受け取ると、コルウィルはゆっくりと頁を捲り始めた。

「どんな内容が記されているんだ？」

コルウィルはちらりと俺に視線を寄越し、直ぐに下を向きながら話し始めた。

「通行証が発行された場所。対象の名前。出身地。目的。神都に入った日時。出た日時」

「結構詳細だな。確認に時間が掛かりそうだ。いつも正門に列が出来ているのも頷ける」

俺の言葉に同意し、コルウィルは頁を捲り続ける。

「……!!」

コルウィルの手が止まった。瞳が忙しなく動く。同じ頁を何度も読み直しているようだ。

「どうした？」

「ドロテアの名前で記録があった。日付もあっている」

　全員がコルウィルに注目した。

「神都を出た記録はあるのか？」

「いや、ない」

「目的にはなんと書いてある」

　コルウィルは深く息を吸って顔を上げた。

「『中央神殿』とだけ」

　拠点にいる全員が思案を巡らせて無言になった。一番に口を開いたのは鮫島だ。

「……もしかして、姉を名乗っていたのがドロテア本人じゃないのか？」

「何故そうなる!?」

　思わず声を荒らげてしまった。

「えっ。なんとなく！」

　鮫島にまともな意見を期待した俺が馬鹿だった。

「ドロテアさんは神都に入った。目的は中央神殿に行くこと。まだ、外には出ていない。つまり、今も中央神殿にいるってことよね？」

「記録上はそうなる。ただし、生死は不明だが……」

　そう言うと、リリナナは急に俺の方を向いて瞳を輝かせた。

「バンドウ。相談――」

「駄目だ。たとえ聖女が死んでいてもその遺体はリリナナには渡さない。家族に返す」

リリナナは舌打ちをして軽く拗ねた。

「聖女が死んだ場合、別の聖女がまた選ばれるはずだ。過去に何度かあったらしい」

「となると、聖女は生きているけれど、何らかの理由で表に出て来られないってことか？」

コルウィルは俺の言葉に何度も頷き、自分の頭を整理しているように見える。

「よく分かんねーけど、その中央神殿に行けばいいんじゃないのか？　出会う奴全員ぶん殴って『ドロテア知ってる？』って聞けば誰か教えてくれるだろ!?」

鮫島はよく現代日本で生きてこられたな。しかし、大雑把な方向性は間違ってはいない。

「中央神殿に潜入する必要がある。しかし、神都で一番守りが固い場所だ。策を練りたい」

「陽動か？」

「あぁ。人目を集める何か……」

ぐるりと拠点を見渡す。鮫島が鼻を掻いていた。

「そう言えば鮫島。お前、青木に馬鹿にされていたのだろ？　まだ直接、決着をつけられていないのではないのか？」

鮫島の表情がガラリと変わる。赤髪をかき上げた後、ジロリと俺を睨みつけた。

「俺様が勝つに決まっているだろ！」

「本当か？　相手は勇者だぞ？　ハズレのお前に勝てるのか……？」

「ざけんじゃねえぇぇ!!　俺の方が上だって証明してやんよ……!!」

よし。やる気は十分だな。これは使えるぞ……。

「分かった。では舞台を整えてやろう」

とても悪い顔をしていたと、後からリリナナに教えられた。

《八》神都の決闘

勇者一行が泊まる宿の食堂。四人掛けのテーブルには他よりも豪勢な料理が並んでいた。

卓を囲むのは青木、草薙、三浦。そしてヴィニシウスだ。

「今日は草薙君が治癒魔法を使えるようになったお祝いです！　乾杯！」

三浦が乾杯の音頭を取ると、周囲からも拍手が送られた。

草薙は照れ臭そうにしながらも立ち上がり、方々に頭を下げる。

「草薙君って勇者の中でも頭抜けてる感じよね？　光魔法も簡単に覚えちゃったし」

「そんなことないさ。たまたまだよ」

席についた草薙は満更でもない表情で、一応謙遜をした。

「治療院の人も驚いていたじゃない！　『百年に一人の天才だ！』って。私、なんだか自分のことみたいに嬉しくなっちゃった」

三浦は熱っぽい瞳で草薙を見つめる。

一方、面白くなさそうなのは青木だ。ムスッとした顔を作り、黙々と料理を食べている。

「しかし、そろそろ『あっち』の方にも手をつけないとな」

ヴィニシウスが小声で言うと、「聖女……」と草薙が反応した。一同が頷く。

「何か手掛かりがあればいいんですけど……。聖女のことになると治療院の人達は一様に『何も知らない。分からない』としか言わないし」

「本当に何も知らされていないのだろうな。ただ、神都の人達も『聖女が選定されないのはおかしい』とは思っている。それを焚き付けることが出来れば、何かの綻びから情報がこぼれ落ちて来るかもしれない」

ヴィニシウスの言葉に草薙は考え込む。それを見て三浦は慌てて「今日はお祝いだから！」と空気を変えようとした。しかし、叶わない。

食堂に険しい顔をした衛兵が二人現れたのだ。勇者一行のテーブルを見付けると、つかつかと歩いてくる。

「またお前達か？　俺達は例の事件とは無関係だって言っただろ？」

それまで無言だった青木が苛立ちをぶつけるように二人の衛兵に声を掛けた。衛兵は以前と違って毅然とした態度で立ち、腰のポーチから折り畳まれた紙を取り出す。

「なんだよ？」

青木の言葉には答えず、紙を広げる。

「『勇者青木に決闘を申し込む！　明日の夜、場所は南東の公園！　我は正門を襲った赤鬼なり!!』この紙が、街の至る所に貼られております！　何かご存じでしょうか？」

「……なんのことだ？」

困惑した表情の青木に衛兵は追い打ちをかける。

「惚けないでください。赤鬼と名乗る男は、貴方を追って神都に来たのでしょう？　身に覚えがあるはずです！」

言葉に詰まる青木を見てヴィニシウスが割って入った。

「勇者は憧れの存在であるとともに、妬みの対象でもある。勇者が輝けば輝くほど、その光を疎ましく感じる者もいるのだ。赤鬼もそのような奴の成れの果てであろう。そもそも、アルマ神は決闘を認めておられるが、其方達はどうなのだ？」

急に勢いをなくす二人の衛兵。答えに窮して時間が流れる。

「神国はこの決闘を認めるのか、認めないのかを聞いている！」

「し、神国はアルマ神の御心のままにあります！　決闘の邪魔をすることはありません！」

「そうか！　よく決闘状のことを教えてくれた。感謝するぞ。もう行ってよい」

ヴィニシウスが強く言うと、二人の衛兵は逃げるように食堂から去った。

「もう！　なんなの？　草薙君のお祝いなのに！」

しんとした後、三浦が頬を膨らませて怒り始める。

しかし、草薙も青木もヴィニシウスも取り合わない。

「なぁ……青木。【狂化】のスキルを使えてお前を妬んでいる奴って……」

「あぁ……。鮫島だろうな。あの野郎。ハズレの癖に調子に乗りやがって」

「サメジマ？　リザーズの一員の!?　今回の件、リザーズが絡んでいるというのか……!?」

ヴィニシウスが拳を握って声を荒らげた。

「討伐隊はリザーズの策に嵌って敗走したが、俺自身が鮫島に負けたわけじゃない。実際、俺に劣等感を抱いているからこそ、決闘を申し込んで来たのだろう」

青木が好戦的な笑みを浮かべる。

「しかし、リザーズが絡んでいるとなると何をして来るか分からない」

草薙は冷静だ。

「前回、我々が破れたのは奴等に有利な場所で戦ったからだ。しかし今回は神都。決闘の邪魔はしないといっても、衛兵や神殿騎士団が駆けつけるはずだ。そんな中で奴等に何が出来る？　アオキはアルマ神のお膝元でサメジマを叩き斬り、勇者の力を示すべきだ！ここで逃げたら、ガドル王国の威信にもかかわる！」

一方のヴィニシウスは「リザーズ」の話題が出た途端、冷静さを失っていた。瞳は憎悪に染まり、拳は血が出るほどに強く握られている。

「ヴィニシウスのおっさん。安心してくれ。俺は鮫島からの決闘を受けて立つ。そして勇者青木の力を神国全土に知らしめてやるよ。勝利の後に『俺の前に聖女が現れる日を楽しみに待っている』とでも言えば、神教の幹部達も動かざるを得ないだろ？」

「あぁ。完璧だ。明日の夜は美味い酒が飲めそうだ」

青木とヴィニシウスは同じように不敵な笑みを浮かべていた。

神都の南東にある公園には昼間から屋台が並び、場所取りの人々で賑わっていた。一番大きな広場を決闘場に仕立て、勝手に入場料を取る商人まで現れる始末だった。人々の目当ては勿論、「勇者青木と神都を襲った赤鬼の決闘」。
たった一晩の内に噂は神都を駆け巡り、生まれたての赤子から教皇ペルゴリーノに至るまで知らない者はいないぐらいだ。
勇者が通うグアリッジ治療院にも人が押し寄せていた。青木の姿を一目見ようとわざわざ階段から落ちて頭に瘤を作り、患者の列に加わるのだ。しかし院長はピシャリ。

「本日、勇者様方はいらっしゃいません。決闘の為に、どこかの教会でアルマ神に祈りを捧げているのでしょう」

これは半分本当で半分嘘だ。確かにグアリッジ治療院に勇者達は来ていなかった。しかし、どこにいるのか院長は皆目知らなかった。神教の関係者として、願望を述べただけだったのだ。

そんなこととは露知らず、人々は教会廻りを始める。治療院の患者まで付いていくものだから、腕を固定し、足に包帯を巻き、担架に乗せられてと、非常に見た目が痛々しい集団が出来上がってしまった。

「どこかの教会で勇者アオキが祈っているらしいぜ！」

事あるごとにそんな怒鳴り声が聞こえて、青木詣での列は膨れ上がる。パン屋に果物屋、鍛冶屋に古着屋と、暇な店主はそそくさと店を閉めてしまい、青木を廻る冒険へと加わる。しまいには司祭まで教会を閉めて青木を捜し始めた。

集団が神都を練り歩くうちに、陽が落ちてきた。ある男が呟く。

「そろそろ、公園に行かないと不味いのではないかい？」

「ああそうだ」と隣の男。「もう時間がないぞ」と更に隣の男。

一人が走り始めると、二人、四人と倍々になって伝播する。

やがて集団は一つの生き物のように滑らかに移動し、神都南東の公園を目指した。

足を怪我していた男までもが走り始めたのだから、アルマ神の御加護は有難い。

さて、公園は茜色に染まっている。決闘を待つ人々の手に握られている色とりどりの灯りの魔道具が、ぽつりぽつりと点灯する。夕方は短い。あっという間に夕陽は消えてなくなり、観客が手に持つ灯りだけが頼りとなった。

通りから広場に向け、灯りの魔道具で道が作られた。

如何にも夜！　となった折に、四人組が現れた。観客が顔を照らすと、黒目が見える。

「勇者様だ！」

どっと沸いた。遂に現れたのだ。今夜の主役が。観客は足を踏み鳴らし、思い思いに灯りを振る。次第に拍子が揃ってくる。歌まで始まった。

ドン！　ドン！　ドン！　ドン！

勇者一行は勇ましいリズムに乗って歩き続け、広場の中央で足を止める。観客の足音も止まった。灯りが広場中央に集められる。寸時の静寂。青木が大きく息を吸い込む。

「我は勇者青木！　神都に巣食う悪漢を退治しにやって来た！　出て来るがいい、赤鬼!!」

赤鬼は……現れない。青木はもう一度、大きく息を吸い込む。

「我が力に恐れをなしたか……!?　いつまでも待つぞ、赤鬼よ……!!」

赤鬼は……現れない。不安になった青木は振り返り、草薙に意見を求める。

「巌流島の戦いだ。鮫島はわざと遅れてきて、青木のペースを乱すつもりなのだろう」

「なるほど」と青木。腕組みをして立ち、目を閉じてじっと待つ。


一刻が過ぎた。観客は屋台に並び、各々夕食をとり始める。

青木が香ばしい匂いに鼻をひくつかせていると、気を利かせた若い女が串焼きを三本差し入れた。「決闘の前なので」と断ろうとするが、空腹には勝てない。一本だけ受け取ると、観客にバレないように陰に引っ込み、一口で食べ終えて元の場所に戻る。


二刻が過ぎた。そこら中で子供の泣き声が聞こえ始める。もう眠いのだ。

家族連れは渋々、帰路に就き始める。気を利かせた小さな女の子が青木の前まで来て、二つ抱えていた人形の一つを差し出した。

「一人だと寂しいでしょ?」と。

「俺が待っているのは恋人じゃないぞ?」と言いながらも、青木は断れずに受け取る。


三刻が過ぎた。流石に遅い。観客がざわつき始める。青木も落ち着かない。

「もう帰ろう」と誰かが言った時だった。

広場の端に現れたネズミがよろよろと青木に向かって歩き始めた。ネズミの瞳は紅く怪しく光っており、アンデッドの特徴があった。事実、体は神都内を満たす聖なる気に浄化され、どんどん崩れている。不思議な光景に観客は目を奪われる。灯りを集められたネズミは灰になりながら芝生に線を残す。

青木まであと数歩。というところでネズミは完全に動かなくなった。灰の塊と小さく折り畳まれた紙が残る。誰も何も言わない。広場にいる全ての人が、じっと青木を見ている。

迷い。躊躇い。逡巡。

しかし、拾わない手はない。青木は一歩踏み出して屈み、紙を手に取る。立ち上がって開くと、観衆が一斉に灯りで照らした。読み上げを促すように。青木は頷く。

「『親愛なる神都の皆様。本日は公園にお集まり頂き、大変ありがとうございました。お陰様で中央神殿の警備は驚くほどに手薄。簡単に潜入することが出来ました。無事、狙った獲物を確保しましたので、我々は神都から去ろうと思います。聖女なきアルマ神国に、幸あらんことをリザーズ一同、お祈り申し上げます』……」

青木はへなへなと腰から砕けて地面に座り、右手から手紙を落とした。辛うじて意識を失わなかったのは、左手に持った人形のお陰だったのかもしれない。

《九》帰還

「おい鮫島。しっかり押さえていろ。だんだんとずれてきているぞ？」

「いるぞ？」

俺の膝の上に座るようになったリリナナが俺の語尾を真似る。鮫島は顔を顰めた。

「ちょっと、誰か手伝ってくれてもいいだろ？　ずっと支えているの、結構辛いんだから！」

神都で目的を果たした俺達は帰路に就いていた。八本足の馬の魔物が曳く馬車は推定時速五十キロで進む。車輪がちょっとした小石を嚙むだけで客室は大きく跳ね上がり、その度に鮫島は慌てていた。

「狭いんだし、マジックポーチに仕舞ったらどうだ？」

俺の提案を鮫島は渋る。

「だってよー。なんか可哀想じゃん？　窓の外見えないの」

「どの道、見えていないだろ？」

「そんなの分かんねーだろ？　『綺麗な風景をありがとう』って俺だけ感謝されっからな！」

馬車の客室は行きよりも狭い。何せ、人数が増えているのだから。客室には俺、リリナナ、コルウィル。田川、鮫島。そして——。
「おわっ！　あぶねー倒すとこだった！」
——鮫島に支えられている女の石像。いや、石になった「聖女ドロテア」だ。

決闘の夜。俺達は驚くほど手薄になった中央神殿に地下から潜入した。警邏をしている衛兵は一フロアに一人いるかどうかというところだった。後から聞いた話だが、決闘を行うと吹聴した公園には教皇ペルゴリーノまで訪れていたらしい。その警護の為に衛兵や神殿騎士が出払っていたのだ。

人気のない地下通路を進み、一部屋一部屋、扉に【穴】をあけては中を覗く。大体は使い道の分からない神具の類いが置かれていて、興味なく【穴】を解除した。

その部屋が何か特別だったかというと、全くそんなことはなかった。流れ作業のように【穴】をあけ、灯りの魔道具で中を照らす。目に飛び込んで来たのはベッドの上に寝かされた裸の女だった。顔を灯りで照らしても、ピクリとも動かない。そして何より、肌も髪も何もかも、灰色だったのだ。

全員、無言で遣り取りしながら部屋の中に入り、ジェスチャーだけで会議を行った。

その結論は「聖女ドロテアでほぼ間違いない。連れ帰ろう」だった。

姉のカロリネと同じ腕輪をしていたことが、決め手だった。

幸いなことに石になった女はすんなりとマジックポーチに収まってくれた。

拠点に戻る途中で公園の地下に寄り、リリナナがアンデッドのネズミに手紙を咥えさせた。青木はしっかりと手紙を読み上げてくれたらしい。


そして、カロリネを拠点に招いた。一目見て確信したようだった。

カロリネは横に寝かされたドロテアに縋るように抱き着き、嗚咽する。

コルウィルがマジックポーチの中から秘薬を見付けて垂らしてみたが、ドロテアの石化には全く効果がなかった。それはそうだろう。治癒魔法を得意とするアルマ神教の司祭にも解くことが出来なかったのだから。

「私、どうしたら……」と目を腫らすカロリネ。ここで、自分の言葉が不意に返ってきた。

『出来る限り協力する』

さて、俺は出来る限りの協力をしただろうか？……否だ。

「ドロテアはしばらく俺達が預かる。まだ手があるかもしれない。次に会う時は、姉妹で会話出来るように……」

カロリネは了承し、俺達は一度、帝都に戻ることにした。


「ん？」

リリナナが不意に俺の顔を見た。「何を考えているの？」というように。

「いや、チェケ達にアルマ神国の土産を買うのを忘れたと思って」

「嘘つき。本当は？」

その紅く澄んだ瞳が俺を見透かす。

「……ドロテアをどうやって人間に戻すかについて、考えていた。勇者は複数いるが、聖女はこの世にたった一人だけ。ドロテアを配下に加えることが出来れば、アルマ神国、ガドル王国、そして魔王に対しても強力な手札を持つことになる。上手くやれば、魔王を従わせることすら可能かもしれない……」

何故か田川と鮫島が俺の顔を見て笑っている。

「でもたぶん、番藤君が動く一番の理由はカロリネさんとドロテアさんを再会させてあげたいからだよね？」

「番藤はたまに人間の心を取り戻すよな！」

二人が勝手なことを言い始める。

「バンドウは腹黒だけどいい奴」

リリナナまで乗っかった。

「俺にとってはひたすら、心労の原因だぞ？」

コルウィルは鳩尾の下をさする。

「ふん。好きに言ってろ。俺はしばらく休む」

客室のシートに身を委ね、目を瞑る。馬車に揺られながら、世界を裏から侵略する為のシナリオを練り始めた。勇者と聖女と魔王、そして神を巻き込んだ物語は息つく暇もなく展開し、悪辣の限りが尽くされ、人々は絶望に染まり、最後に新たな希望が生まれる。

「バンドウ」

ほんのり温かいモノが頬に触れる。うっすら目を開くと、リリナナの手があった。

「悪いこと考えてた?」

「何故分かる?」

「笑ってたから」

今度は笑わないように口を真一文字にしてきつく目を瞑ると、何故か客室の中に笑い声が響いた。

あとがき

私は非常に緊迫した状況下で、このあとがきをしたためている。何を隠そう、今、ジェンガのプレイ中なのだ。上野公園、西郷隆盛像の前で。しかも私の番。

右手でブロックを抜きながら、左手のスマホでこのあとがきを書いている。

「おい君、早くしたまえ」

「そうよ。時間かかり過ぎだわ」

手元を狂わせようと、チョビヒゲの男とパーカー女が話しかけてくる。私は無視して、ブロックを抜き去った。セーフ。二人は顔を顰める。

なぜ顔を顰めたか？　それは私がいきなり一番下層のブロックを抜いたからだ。タワーはかなり不安定になった。二人は慎重にならざるを得ない。これで当分、時間を稼げる。

あとがきに戻ろう。

本作はＷＥＢ小説サイトに投稿していた作品である。ＷＥＢ小説は自由だ。とても自由だ。サイトの規約に違反しない限り、どんなふざけた展開、悪ノリをしても、罪になることはない。と、私は思っている。

なので本作『クラス転移したけど性格がクズ過ぎて追放されました』はＷＥＢに投稿時、滅茶苦茶ふざけたし、悪ノリをした。

それがたまたま読者さんにウケて書籍化にこぎつけたのだ。

しかし、書籍化作業を始める前、私にはある不安が――。

「おい、君の番だぞ」

「いい加減、スマホ触るのやめたら?」

うるさい奴等(やつら)だ。

私は中層のブロックに狙いを定めた。そして、わざとタワーに捻(ねじ)れを生じさせながら、抜いた。

グラリ。と揺れるが倒れない。しかし、次は危ないだろう。時間は稼げる。あとがきに戻ろう。

そう。書籍化に当たって不安があったのだ。それは、「いや～、商業作品でこのノリは駄目ですね。もうちょっと真面目に書きましょう」と矯正されてしまうのでは? というものだ。

しかし、あとがきまで読み進めてくださった読者さんはそれが杞憂(きゆう)だったことを知っているはずだ。

書籍版はWEB以上に――。

「これは厳しいだろ?」

「無理でしょうね。さぁ、貴方(あなた)の番よ」

ふむ。目の前のタワーは既にフラフラと揺れている。少し触れただけでも崩れてしまいそうだ。

しかし、私は上野公園のジェンガマスターと呼ばれている。この程度でびびっていては、今まで激闘の末に葬り去って来た、好敵手達に申し訳が立たない。

私は立ち上がり、西郷隆盛像と同じポーズをとって一気に息を吐いた。そして、タワーの真上に顔を固定し、一気に吸った。

ヒュウと空気の音。恐るべき吸引力によってタワーは僅かに地上から浮く。

私はその状態を維持しながら、適当にブロックを一本抜いた。吟味する必要はない。私が吸い続けている限り、絶対にタワーは崩れないのだから。

「これはルール違反じゃないのか⁉」

「吸ってる顔、キモい」

言葉で殴るな！　グーで殴るぞ！　パーカー女め‼

取り乱してしまった。あとがきに戻る。

読んでくださった読者様はお気付きの通り、書籍版はＷＥＢよりも更にふざけているし、悪ノリ満載なのだ。しかし、破綻はしていない（していないよね？）。

これはひとえに、出版社様と担当編集様、イラストレーター様のおかげである。私の意見を最大限に尊重した上で、しっかりバランスをとってくださったことに感謝している。

最後に読者様へ。
この、倒れるか倒れないか。ギリギリの感覚を楽しんで頂けたのなら、幸いである。
私はジェンガに戻るとしよう。では、また。

クラス転移したけど性格がクズ過ぎて追放されました 1
～アンチ勇者は称号『侵略者』とスキル『穴』で地下から異世界を翻弄する～

発　行　2024年9月25日　初版第一刷発行

著　者　フーツラ
発行者　永田勝治
発行所　株式会社オーバーラップ
〒141-0031　東京都品川区西五反田 8-1-5
校正・DTP　株式会社鷗来堂
印刷・製本　大日本印刷株式会社

Printed in Japan ISBN 978-4-8240-0944-9 C0193